中 国 当 代 文 学 名 家 精 品 集

U0508452

夜市哲学家

王国华

著

成都地图出版社
CHENGDU DITU CHUBANSHE

图书在版编目（CIP）数据

夜市哲学家 / 王国华著 . -- 成都 : 成都地图出版
社有限公司, 2025.4. -- (中国当代文学名家精品集).
ISBN 978-7-5557-2774-3

Ⅰ. I267

中国国家版本馆 CIP 数据核字第 2025YE1980 号

中国当代文学名家精品集：夜市哲学家
ZHONGGUO DANGDAI WENXUE MINGJIA JINGPIN JI: YESHI ZHEXUEJIA

著　　者：王国华
责任编辑：赖红英
封面设计：李　超

出版发行：成都地图出版社有限公司
地　　址：四川省成都市龙泉驿区建设路 2 号
邮政编码：610100

印　　刷：三河市人民印务有限公司
（如发现印装质量问题，影响阅读，请与印刷厂商联系调换）

开　　本：710mm×1000mm　1/16
印　　张：13　　　　　字　　数：200 千字
版　　次：2025 年 4 月第 1 版
印　　次：2025 年 4 月第 1 次印刷
书　　号：ISBN 978-7-5557-2774-3

定　　价：68.00 元

出版说明

2023 年春，教育部等八部门印发《全国青少年学生读书行动实施方案》。随后，122 家国家语言文字推广基地共同发出"典耀中华"主题读书行动倡议。一些具有文化情怀的出版社和文化公司，立即响应，策划各种适合青少年阅读的图书，《中国当代文学名家精品集》书系应运而生。

《中国当代文学名家精品集》书系由北京世图文轩文化发展有限公司（下称"世图文轩"）策划，由成都地图出版社出版。我非常荣幸地受邀担任主编。

世图文轩成立于 2010 年，系北京市内乃至全国较有影响力的图书发行公司之一，曾获得"重合同守信用企业""诚信经营示范单位"等荣誉称号。长期以来，世图文轩和众多出版社就优质图书出版进行合作，获得了合作伙伴的一致好评。在"典耀中华"主题读书行动中，他们敏锐地抓住机遇，迅速策划主要以初、高中生为读者对象的大型书系选题，显现出他们的眼光、魄力与胸怀，以及对于文化市场的拓展理想。我相信，这样一家致力于图书策划、出版的公司，其品牌信誉是毋庸置疑的。

为成长中的青少年读者集中呈现名家优秀作品，是一件虽然困难，却功在当代、利在未来的大好事，我能参与其中，与有荣焉。我必须以一种高度的使命感、责任感以及担当精神来做好这个书系，成就这件大好事。

令人特别感动的是，刚开始组稿时，刘成章、王宗仁、陈慧瑛、韩小蕙、王剑冰、李青松、沈念等老师就对这个书系表现出极大的支持和信任，并在第一时间提供了书稿以示鼓励。很快，几乎所有得知此书系的作家都认为这是在为作家、为"典耀中华"主题读书行动做一件好事、大事。由此，我和我的临时编辑室成员获得了极大的信心，热情也更加高涨，此后连续十个月，我们整个身心都扑在了这件事上。

一个人只要用心做事，人们是会感受到的，也会默默地予以支持。事实上也是如此。随着组稿工作的开展，我们和作家们的沟通日益频繁，我们发现，他们除了都表现出对这个书系的兴趣与认可，对当代散文创作的发展、繁荣的前景，还有一种共同的期待与信心。这对我们无疑是一种更为巨大的鼓舞与动力。

组稿虽然也费了不少周折，但总体上比想象中顺利得多。当然，非常遗憾的是，一部分作者由于手头书稿版权等原因，未能加盟到这个书系。

组稿只是我们工作的一部分，更为具体、更为烦琐的，是审稿事务，它出乎意料的繁重，也占据了我们比预想的多得多的时间和精力。偶尔，我们也有点儿想放弃了，但是，想着这是一件功德无量的事，又兀自笑笑，继续埋头苦干。在这个过程中，感谢师友们对我们工作的配合、理解、支持与信任。

静下心来，切实感受审读、编辑工作的价值和意义。

书系里，名家荟萃，佳作如林。有的，曾代表过一种新的创作范式；有的，曾开启过一种创作方向；有的，对某一题材开掘出更深更独特的思想；有的，有引领某类题材与风格的新面貌；等等。毫不夸张地说，散文多角度多样式的表达，在这个书系里应有尽有，全景式、全方位地呈现出中国散文几十年的创作成果，是当代散文创作的一个缩影。

总体上，无论是题材、创作方法，还是思想容量，此书系都呈现了散文广阔的视野，让我们感受到散文天地的无垠无际。

具体来说，以下几个特点特别明显：

一、作者队伍可谓老中青完美结合。入选作者的年龄跨度最大达半个多世纪，上有鲐背之年的高龄名将，他们文学生命之树长青，宝刀不老，象征着老一辈散文家依然苍翠的文学生命力；最年轻的三十出头，他们雏凤声高，彰显散文创作的新生力量蓬勃兴旺的景象；一大批中壮年作家，是当代散文创作领域里当之无愧的中坚基石，他们的创作正处于繁花似锦的鼎盛时期，实力毕现。

二、题材多元多样，内容丰富多彩。书系中，既有涉及上下五千年历史的洒脱智慧的历史文化散文，又有让人惊艳的初次涉猎的新颖、独特题材。有人写亲情，有人写风景。有些人写自己的童年，让我们看到其成长时代；有些人写一个城市或一条河流的前世今生；有些人写自己对故乡的记忆，从更有新意的视角表现这个时代的巨变；有些人集中了自己几十年的写作精品，让我们看到他们的创作道路上的足迹；有些人专注于一个主题，开掘深挖，独具魅力；有些人关注时代、关注身边的人和事；有些人剖析自己的内心情感……总之，反映中华传统文化、红色文化和当代自然文学精粹的作品，在此书系里比比皆是，或温暖动人，或鼓舞人心。

三、风格百花齐放，个性特点鲜明。几十部作品，有的侧重写实，有的侧重抒情，有的注重开掘思想，有的追求内容唯美，有的描写细致入微，有的叙述天马行空……表现方式千姿百态。但无论哪种风格，无论如何表达，皆个性鲜明，情感饱满，呈现出思想性、艺术性、可读性兼备的特质，读者可以从中获得不同程度的启发，感受到散文的魅力。

四、女性作者跳出了人们对"女性散文"固有的观念。书系中占有一定比例的女性作者，她们的作品虽然仍保留细腻敏感的特色，但大都呈现出大气开阔、通透有力的格局。她们温柔而现代的行文表达，对读者来说有着更为别致的情感体验和人生借鉴意义。

　　总之，这个书系，将是我们打造阅读品牌的开端。如果你愿意静下心来阅读，你一定会有所收获。

　　习近平总书记在文艺工作座谈会上讲话时指出："优秀文艺作品反映着一个国家、一个民族的文化创造能力和水平。吸引、引导、启迪人们必须有好的作品，推动中华文化走出去也必须有好的作品。"我们希望，这个书系能成为读者眼里"正能量、有感染力，能够温润心灵、启迪心智，传得开、留得下，为人民群众所喜爱"的"优秀作品"。

　　在此，特别感谢沈俊峰、陈晨两位搭档的通力协作，我的编辑朋友梁芳、胡玉枝的倾力相助，以及世图文轩、成都地图出版社上上下下推进此书系出版的所有领导与师友的大力支持和耐心细致的工作。他们让我感受到了团队的力量。同时，也特别感谢出版方将我和我的搭档的作品纳入此书系，我们把此举视为对我们的"嘉奖"。

　　上述文字，不敢称"序"，不敢称"前言"，甚至不敢称"出版说明"，仅表达此书系的缘起和一些组稿、审读的感受，也许过于肤浅，还望广大作者、读者海涵。

《中国当代文学名家精品集》主编

目录

第一辑

夜市哲学家

　　在深圳有意思的地方都藏得深，走过一条条街道、一座座楼房，不时就会有惊喜的发现。这个叫盐田夜市的地方，就是我们散步时偶然发现的，仿佛路边蹿出的一只小动物。

　　深圳有个盐田区。盐田夜市在宝安区西乡街道，原先是个村庄。

　　摊位后面是各式店铺。店铺做白天生意，摊位做晚上的生意。看销售内容，摊位和店铺有的是一家，有的不是一家。

　　夜市按内容分为三部分。第一部分是杂货：手机贴膜、手表、吹风机、箱包等。第二部分是衣物：裤子、皮带、皮鞋、挎带背心等。超市里容易买到的东西，摆在摊位上就是另一种活法，鬼头鬼脑，特别接地气。摊位后边的人用手中蒲扇驱除蚊子，时不时有买主凑过来。第三部分是各种小吃，真是红红火火。

　　前两部分销售不旺，停下来盯着货物和讲价的人都不多。算是暖场。摊主相对悠闲，他们为何不像第三部分的摊主一样改卖餐饮？

　　第三部分都有什么？荆州锅盔、大连铁板烧、洪湖麻辣小龙虾、湛江烤蚝、南昌拌粉拌面、老北京秘制酱爆猪手、广东钵仔糕、内蒙古大烤串、贵阳咕噜饭……让人由衷地感叹祖国的辽阔，半条街的小吃从南到北跨越几万里。想起郭德纲相声里说的，中国天气预报要播十分钟，某些国家的天气预报真简单：今日全国有雨。

人多，把道路挤瘦。我和妻子周末来过几次，平时也来过几次，都没见过稀稀拉拉的场景。繁华的夜市，位置至关重要——邻近地铁口、客运站。年轻人白天在市中心的高楼大厦里蹿蹦跳跃，低头品饮咖啡，抬头欣赏落地窗前的绿植；晚上则"千里迢迢"地返回，市井喧嚣便以夜市小吃开始。

一个摊位名为越南摇滚烤鸡，铁签子上罗列着鸡翅、鸡排、鸡腿等，不停地转动，保持烧烤均匀，五排"金黄"在翻滚。旁边一个摊位，也是滚动的铁签，也是五排"金黄"在翻滚，名字却是新奥尔良烤鸡。

豆腐串、臭豆腐、油焖大虾、烤蚝，死去的动物和植物们都排列得整整齐齐，声势壮大。好不好吃已不重要，让人望之肃然。

台湾美食大肠包小肠，两年前在台湾花莲的夜市上吃过，肉香常在口中。盐田夜市上的台湾美食，除肉肠外，还有美味花甲。以锡纸为容器，汤中煮有虾、粉丝、花甲等。食客始终排着长队，拼桌都不够。每桌四人，年轻男女面对面坐着，互相以筷喂食、以勺喂汤。紧邻的中年男女也面对面坐着，各自低头，心事重重地吃自己面前的花甲。

排第二长队的是肉夹馍。配食是胡辣汤而非凉皮，想来肉夹馍来自河南而非陕西。曾去西安旅游，出租车司机称，一个肉夹馍、一份凉皮、一罐冰峰汽水，是西安人标配。在深圳的陕西饭馆中我"照方抓药"，店主肃然起敬。夜市上还想耍酷，摊主连机会都不给我。

眼前，一个卖灵宝肉夹馍的摊主正在跟一个愣愣的小伙子说：有个老乡天天来吃，有时候买两份，我这个肉夹馍有特点，喜欢吃的人都放不下。小伙子转身走了，没看清他的表情。

满街的香味稀释了迷茫情绪，坐在路边小桌旁，一瓶冰啤酒、一碟红油猪耳、一碗拌面，便让这个晚上平静起来。我打了一个大大的喷嚏，幸亏捂了嘴。两个清凉美女与我擦身而过。

隔几十米就有一个垃圾桶。往里面瞅瞅,脏物并不多。地面干净,几乎没垃圾。

抬头,远处是金碧辉煌的大酒店,一间一间客房像一个一个的小方格。有的房间亮着,有的黑着。站在客房窗前往下看,人挨人,却不拥挤,按着各自的需要次序流动。楼上楼下,是否有两个人四目相对?

街道两头各立了一个蓝色牌子。上面是经营时间:下午 4 点到凌晨 1 点。禁止汽车、摩托车、电动车、共享单车进入。

立牌单位是盐田物业。

下面括号内有一个奇怪的提示:骑乘电动车必须佩戴头盔。虽禁入,仍对非法进入者给予关怀。

问黑衣保安,夜市兴于何时。答,大概二〇〇六年。掐指一算,已经十二年。

这些摊位,今天在,明天还在不在,都不好说。记忆里每次都有不同的小吃。我希望未见者不是黄了,而是临时有事没来,或者同一个摊主换了经营内容,或者是两个摊位轮流做。总之不是黄了。

我喜欢在路边摊上买东西。

老婆说,你一直嫌路边摊不干净。

我说可以不买熟食,还可买些瓜子、甘蔗、西瓜之类,目的让他们感觉有生意做,尤其刮风下雨时,想着他们卖完能早点回家。看到他们,不知为何想到自己的兄弟姐妹。

两个摊位中间的一块空地上,趴着一只白色的狗,眯着眼,姿势舒泰,好像睡着了,又好像假寐。有人叫它,它头也不抬。有人拿一块肉放在它面前,它无动于衷。也许此刻它沉溺于自己的世界,或者在思考另外一个世界的事情。它偶尔抬头,像个喧嚣世界里的哲学家。

旧货店里无故事

　　店主坐在门口，身后是堆得奇高的椅子山。下面的椅子头冲上，上面的椅子头冲下，彼此交错搂抱着，整整齐齐。不整齐也不行，有一个旁逸斜出的，整个山体都要崩塌，泥石流一般淹没店主。椅子山后面是几张桌子，占地面积稍大，同样姿势。最下面的四脚落地，其上的桌子四脚朝天，第三个又骑在第二个身上。再里面，一个席梦思，一堆落满了尘土的冰箱、电视、洗衣机。它们全都闭着眼睡觉，没谁东张西望。空间太小，睁开眼看到的是另一台洗衣机的汗毛孔。想想都惊悚。所有物品一天一天睡着，睡意传染了店主。路人不经意往里面瞅一眼，看到店主鼻子下面的手机屏幕闪着光，眼睛却闭着。

　　天气晴好时，店主把那些空调都搬到门口，脚边一个脸盆，手持一块湿抹布，反复地擦，直到空调的划痕均清晰可见。汗水浸湿他的后背，肩胛骨部分的衣服变成深色。他头部半秃，后部的头发紧贴在脑袋上，光亮的部分汗珠直接滚落。他会在旁边的小凳上放一杯茶，擦二十分钟后端起茶一饮而尽，然后点着一根烟堵住嘴。几秒钟后，烟雾由其鼻孔里冒出来。

　　这是一条逼仄的街道，隐于城中村一角。与旧货店并排好几家店面，有生活超市、理发店、水果店、山东馒头铺、百味鸡。如果店主们都站在门口，像是电影中的十八罗汉。平时各顾各的生意，有点王不见王的意思，偶尔看到两个店主站在门口聊上几句天。

城中村里的楼房乃当地农民在自家土地上盖就，挨得很近。所谓的"握手楼"，此楼和彼楼的人，触手可及。楼间道路仅容两人擦身而过。宽一些的街道，一辆汽车和一辆电动自行车能并排向前走。早些年，城中村里污水横流，一楼的住户还要谨防楼上掉东西，最好戴安全帽。经过多年治理，街道终于干净，墙角见缝插针放置了一些花花草草。随之，住在城中村的人，衣着也干净整洁了，不再是满脸油汗的样子。

如今阳光充足，但楼和楼之间的局促是撑不开的。唯一的办法是，住在这里的人全变成小人国里的小矮人。

这些 20 世纪八九十年代陆续冒出来的城中村，经过二三十年的打磨已显老旧。即便刷过外墙，如同染了头发的老人，脖子上的皱纹还是能暴露年龄。好在深圳的城中村永远不缺人，汹涌澎湃，此起彼伏。人气如活力，无穷热量"盘"着老楼，日复一日地抚摩，使其旧而不败，反有勃勃生机。

镜头推向远处，有两三个住宅小区，占地面积并不大，是拆掉紧邻的一个城中村建起来的。楼高而粗壮，为最大利用空间，转圈修成。如果像内地某些城市一样，一排排横平竖直修建，大概要"浪费"一半的土地。这些密集的楼房，一副随时可能爆发冲向天空的架势，看上去具有强大的威慑力和杀伤力。城中村龟缩着，举着拳头，被动抵抗的畏缩样子，而它身子下面的各种小店，并没感到危险将至，还在按部就班，熙熙攘攘，随着时光往前流淌。时光把它们带到哪里，它们就在哪里着陆。

旧货店仿佛孑然独立的整体，既是城中村的一分子，又要时时凸显自己的存在。店主并不多言。他像一根线，牵系着整个城中村。店主拽一拽绳子，城中村每座楼都要悄悄痒一下，或者疼一下。

旧货店老板大概是出入城中村各栋楼房、各个楼层最多的人，熟知这里的一切变化。楼房真正的主人们已为数不多，他们或搬到市中心的高端生活小区，或移民到加拿大、澳大利亚等地。房产交由亲戚打理，或者干脆租给二房东。二房东承租后重新装修，加价转租给零零星星的打工者，包括金融男、IT男、房产中介、快递小哥、保洁、出租车司机、服务员等。

铁打的营盘，流水的居民，那些人来来去去，极少有一辈子住在这里的。此处是个过渡地带。生活变形了，住地也跟着切换。到来时，旧货店老板为他们提供基本的生活用品；离开的时候，旧货店为他们善后。

首次与旧货店打交道，还有一点儿货卖三家的矜持。"你看，这个椅子值多少钱？""五块。"店主斩钉截铁的报价让年轻人大吃一惊。"沙发二十元""桌子十元""书架太旧了，不给钱"……满屋子的物品加一起不到二百块钱。"怎么这么少？"小伙子刚刚打完包，汗水噼里啪啦从脸上掉下来，他一边拿毛巾擦汗，一边忍不住质疑。"老板啦，就是这个价啦，不卖我就下去啦。"店主作势要走。"欺负年轻人！"要搬走的人忍不住在心里说了一句。他离开宝安这家公司，跳槽到龙岗一个电子厂当会计，收入能增加一些，也有成长空间。这是他第二次跳槽。刚到深圳的人，前三年跳几次槽都是很正常的事。三十岁之后便不会如此频繁，需要像钉子一样钉在某个地方，轻易不拔出来，拔一下就会留一个坑。深圳并非跳槽者的乐园，一个人选来选去，最终还是被固定住。

好吧好吧！尽快离开就好。

店主又叫来一个人，应该是他的亲戚，两个人一起往楼下搬运。两趟之后就满头大汗了，不由小声埋怨："这东西太沉了。"越是大件的物品给价越低，一个大理石茶盘，大概二百多斤重，前任房主特意留给后任房主的。后任房主好意难却。其实他自己的东西都塞得满满当当，哪里容得下这么一个大家伙。他偷偷把店主叫来，以为可以多卖几个钱。店主说，你掏五十块钱，我帮你搬下去。谈来谈去，是免费搬下去。

该场景在城中村每天都要发生。搬家两次以上便习以为常了。旧货店老板出价再低也不会惊讶。有的甚至不问价，把店主叫上来，直接说搬走，至于给多少钱，就是个意思而已。要做的事太多，耗一点心思都觉得是在浪费精力。荒原上，两个人迎面走来，总会互相看一眼，甚至说几句话。像深圳这样，人越多，反倒视而不见。"你瞅啥，瞅你咋啦"之类，在深圳出现的概率极低。大家都目不斜视全神贯注走自己的路。

有些人不免以为店主心黑，然而在店主那里，自己不过是挣点养家糊口的钱。租一楼的店面，一间三四十平方米的小房子，一个月总要三四千块钱，地段若好，超过万元。狭小的空间里堆满了旧物，一家人睡觉时需要见缝插针。如果举架高，上面能搭出一个小房间，则属完美。更多时候，全家直接在桌子上铺一个褥子，便是晚上的床了。那张床只能盛装他的睡眠，并不能容下他的梦。梦在屋子里转不开圈，走一步就要撞在墙上，头部起一个包。

一个微型洗衣机，五十元钱收上来，卖一百五十元，利润好像是百分之二百，但他搬上搬下，出的力气也值这一百块钱。大件电器在他的屋子里可能一放好几个月，占用的空间也是成本。这种小本生意，一个月净挣几千块钱也不过是全家的基本生活费。孩子要上学，还要攒钱在老家盖房子。他收集了那么多旧物，每天看着它们，却不会爱上任何一个，更不会赋予其体温。偶尔多看某个物件几眼，比如一个笔筒，他便赶紧打住，避免投入感情。这种物品本来不好卖，自己放在屋子里还占地方，有什么意思。他小时候作文写得好，受到过老师的表扬，但现在他要抹掉身上任何一点"不现实"的诗意。

他喜欢暑假。一批又一批刚毕业的大学生陆续来到这个号称最年轻的城市。新居民三五百块钱就可在他的店里配齐基本生活用品。店里腾挪出一点空间，赶紧把二楼堆积的东西搬下来。他甚至要去廉价市场添置一些全新的用品。有位老乡开了个家具店，能够以很低的价格为他提供新桌子、席梦思床之类，加价一二百块钱就卖出去。

他曾经挣到过比较多的钱。那时候物品还不够充足，每件物品可以从崭新用到散架，使其保有基本尊严。现在人们已不愿意用旧物了。旧物本身便有权宜之意，不值得珍惜。一个人如果以某处为家，认真住下来，定会去买新的。他们越来越倾向于网购，点击一下手机，小件物品就到了家门口，且价格不高，何必用别人的二手货。一来二去，店主只能不断压低价格。他总能在网店和买主预期中间找一个平衡点。这个"点"随着每一件旧物的具体情况发生改变，不可言说，靠直觉。所以城中村里能存活下来的旧货店，虽然也是风雨飘摇，但店主的判断力与马化腾没什么两样。

来买东西的人，如果是单独一个，话就比较少。有的是几个人。店主从他们的对话中可以捕捉到蛛丝马迹，甚至感受到这个城市的变迁。有一个刚毕业的大学生，随父母从内地迁来，在惠州买有两套房子（深圳的房子买不起）。惠州紧邻深圳，常被深圳人认为是自己的郊区。北漂的口号是"来了就做燕郊人"，深漂也差不多，原来是"来了就做东莞人"，如今东莞房价上涨，他们只好"来了就做惠州人"。但上班路远，还要在市内租房，周末才能回到自己的"家"。父母带着年轻人在旧货店买东西，一个摇头的电风扇、一个桌子、一个椅子、一个微小的沙发，也没有问多少钱。店主报出价之后，妈妈掏出手机，微信支付，然后忽然哭了。店主见怪不怪，装作没看见。

店主每天守着他的店铺，等待着每一个有故事的人来。他不关心他们的故事，虽然生活很平淡，但他始终认为自己就是一个有故事的人。

树干上的树根

我坐在车里，透过车窗，看着外面的大榕树。我看它一眼，它看我一眼。我转过头去，它也转过头去。我斜眼偷窥它，发现它也在偷偷地窥视我。

这是深秋的下午。阳光富足地照射着大榕树油亮的叶子，再被叶子反射到大榕树的周身，使它显得灿烂辉煌，一点也没有萧瑟之气。

岭南的深秋还相当于北方的盛夏呢。

我是在注目榕树的气根。几个来回的对视，我有点心虚了。躲在什么地方都逃不脱它犀利的眼神。但我心里还是想着气根。

我见过太多的树根。村民们用五花八门的器具把它们从地下刨出来，这个过程让它们伤痕累累。但它们已经死去，感觉不到疼了。在暴烈的阳光底下，根茎笨重得像一头牛，一口一口地吐着最后的气息。然后人们用坚硬的斧头将它们大卸八块，或者用狡猾的铁锯把它们一点点切割开，然后背回家当柴火烧。这种柴火很耐烧，小小几块就能煮开一锅水。

看着四分五裂的"尸体"，我能想象出它们生前的片段。

它在树干的最底部悄悄钻出来，一天天长大。它不能局限于一个地方，要伸展，要向前，向下，向上，向四面八方。它身上仿佛长着无数的夜视眼，可以穿透密密实实的土壤缝隙看清旁边的路。它要绕开一块块土疙瘩，一块块坚硬的石头。若一不小心撞上了，就围绕着硬物转个圈，继续前行。如果竭尽全力，它也许能够把硬土疙瘩钻透，甚至把一块石头钻透。但权衡利弊，还是要保存实力。很多事，没必要真枪实弹地对干。

它还要小心蛇的洞穴、老鼠的洞穴，万一失足进去，会被捆绑、啃咬，遭受无妄之灾。

它一点点地试探着前行。它要寻找水，寻找更有营养的土壤。它像个探测仪，对土壤的成分、对水的深度广度，都有精密的分析。它把这些汲取出来，源源不断地输送到树干上去。

它一辈子在黑暗里，见不得光。光芒是它的毒药。

树根死了，树也就死了。那么庞大的树，活的就是这个见光死的树根。

而榕树的根，和这个很不一样。它们是在树枝上长出的。

树枝上长叶子，也长树根。

从天上飘下来的树根，像胡须一样一大把一大把的，不声不响地垂着，夹杂在一群茂密的绿叶中，忽然扫到脸上，会吓你一跳。它仿佛是藏在那里专门吓人的。

我第一次看到它并没吃惊，到了这个年纪，哪还有什么可以吃惊的事。

介于铁红和土黄之间，树根的颜色跟岭南的土地颜色一致。变色龙随着天气和周围环境的变化而变换颜色，是为了骗天敌。根须是要骗谁呢？没有小虫来吃它们，农人也不会采摘它们。哦，或许是骗太阳的。它跟太阳说，我不是根，不要把我晒死。

我打量着它们，没有声张，却把这种不同记在了心里。我要尽量表现得像个有城府的人。

晚上出来散步，从大榕树下面走过，感到魅影重重。有的榕树是两根主干，像一个站着的人，双手打开向上伸展着。行人仰头便看见它的腋窝。有的则是黑乎乎一团，像一个人的头颅，头发蓬松着。无数的头发，没有主次。

后来查了一下，原来这些树上长出的须子，确实是树根，叫作气根。

术语解释是这样的：气根，通常指暴露于空气中的根；气根多生长于热带雨林雨量多、气温高、空气湿热的地方，有呼吸功能，并能吸收空气里的水分。

它们为什么不老老实实地像其他树根一样，在地下隐藏一辈子？

莫非是从哪里得知了其他树根的苦命，要选择另一种不同的方式？莫非是不想懵懵懂懂地过活，要把去路看个清清楚楚明明白白真真切切？

后一种可能性最大。

从上面俯视，它们对地面上的事物一目了然——哪儿有草，哪儿有石头，哪儿有坏人，哪儿有动物，哪儿有虎视眈眈的威胁。当然，也能看清哪儿有冒着热气的大粪，那是最好的加餐；哪儿有一个水坑，将来就指着这水坑底下的湿润了。它像一个看穿了一切的人，一个心性明澈的人，然后稳准狠地，一头扎进去。

它们终究还是要扎下去。

但又能怎么样呢？它的所谓看透，只看到了表象，看不到内里。钻到土地下面，它还是要和那些常规的根一样，遭遇同样的境况，把那些常规的根经历的事情，经历一遍。

岭南的树一般都开花。无论春秋冬夏，总有一种自告奋勇地跳出来，成为最耀眼的那个。凤凰木、夹竹桃、簕杜鹃（三角梅）、木棉树等等，此起彼伏的鲜艳。而道路两旁数量最多的榕树是不开花的，永远绿着，直到老死（但谁见过老死的榕树呢？）。

据说其实它也有花，每年五月左右绽放，但人们几乎看不到。它把全身的营养都用在根上，用在最需要的地方。它要繁殖，要壮大，要连绵成片。它就是这么功利和俗气。

那么多条根须，几乎一般粗细，它们一起簇拥着向下冲去。你仿佛可以听到它们整齐的呐喊声。每天都能看到它们不懈地向下向下，再向下。它们相互之间是竞争关系还是拧成一股绳的关系？是你死我活，还是齐心协力？

我只知道，它们中间能抓住土地的，只是其中极少的一两个。

我曾从野地里拣了一堆花籽，种在花盆里，放在阳光下，定期浇水，刻意营造与野地一样的生活环境。那小小的花籽，总有几百颗，最后只长出一棵苗。谁说花草的生命力顽强？比起种一粒长一株的麦子、玉米等农作物来，它们的成活率简直可以忽略不计。它们靠的是漫天撒网，广种薄收，繁殖出比农作物多得多的后代。很多花花草草一辈子的努力就是生产更多的下一代。

榕树的根须，岂不也是这样？

天不亡我。它们中间总有一个冲破千难万阻，成活下来，成为幸运儿，更成为承担者。它的生命力来源于天上，来源于整个家族。而家族的重担，也都将压在它的肩膀上。

繁茂的大榕树，那偶尔扎到地上的根须，像一根绳子，绷得紧紧的，青筋暴起，竭尽全力，一刻都不敢松劲。它渐渐变粗，最终会成为树干，支撑起大树的半边天，让大榕树尽可能地扩大地盘。在闽南某地，我曾见过一棵几乎覆盖了半个村子的巨型榕树。这是那一株株气根经年累月打下的天下。

它要尽一个长子的责任，像个兢兢业业的男人，奋力前行。

垂在树干上的根须，在风中荡来荡去，好像浪荡子。小时候在农村生活，见过一些这样的浪荡子，他们不安于好好种地，心思飘忽，在乡村和城市之间走来走去，神龙见首不见尾，被视为村庄里的不安定因素。后来，他们终于在城市里扎下了根，也成了家，把父母接到城市，开着车回乡探亲。

没人知道他们吃了多少苦，也懒得去问。他们自己也不说。

我常常觉得榕树在城市里生长，是生错了地方。城市的树下，都砌着一圈方砖，把一整棵一整棵的榕树关在一个四四方方的空间里。那是它的笼子。根须往下面打量的时候，会心生犹疑，这是怎么回事？怎么钻进去？

如果在广袤的土地上，它就没有这么多顾虑。尽管有各种花花草草的争抢，但找一块合适的地盘扎下去，还是不成问题的。它们要自由得多。

但它们已无法从城市里逃掉。

在人行道上走路，不小心会被绊一下。仔细看，原来是树根把道路顶起一个包，仿佛一条困在地下的虬龙，用力地、持续地拱着脊背。它长时间地保持一个姿势，憋得满脸通红。

厚厚的地砖，柏油路，都呈不规则的断裂状，像一块玻璃摔在地上，但还没有摔碎，粘连在一起，又四分五裂。

莫非是根须到了地下发现自己受骗了，要逃出去？

还悬挂在树干上的那些根须，见到了先行者的痛，也似乎见到了自己的疼，但它们依然义无反顾地向下扑去。

　　榕树下的那些人，他们一小口一小口地抿茶，茶杯比北方的酒杯还小，还薄。当然，他们可以打麻将、斗地主，或者放一张躺椅，懒散地靠在那里睡觉。那是他们自己的地盘，他们想怎样便怎样。但我觉得他们最应该做的事就是喝茶。

　　他们一边喝茶，一边叽里呱啦地说着本地方言。方言有广府话、潮汕话、客家话或稍远的闽南话。但我觉得他们最应该说的是客家话。

　　我听不懂客家话，什么方言都听不懂。我这个来自北方的人，也许一辈子都是他们的陌生人。

　　被称为土著的客家人，也是从北方来的，据说他们才是真正的中原人。这些几百年前就风尘仆仆赶来的人民，被当成陌生来客，被排挤，被欺压。他们要抗争，要自我解释，自我安慰。现在终于成了地地道道的主人。

　　他们的根，本是在天上的，现在终于落到地上。

　　什么样的根最后都要回归大地。

　　如今，我们这些"外人"又成了来客，打乱他们既有的节奏。像当初的他们一样，找到一块空间，见缝插针地扎下去。我们这些在天上飘着的根，最终也要像几百年前的那一批人一样，从彷徨中走向镇定，并把他们的故事重演一遍。

　　就像那些在空中飘荡的榕树的气根。

断　头　路

　　畅通的路把我带向一个个远方，导引着我遇见一个个陌生。"没有尽头"，这四个字不仅仅是诗意表达，而且是真的没有尽头。无论自己开车，还是步行，还是骑电动自行车，可以行进就好。城市只围追你，不堵截你。牧羊人手持鞭子，驱赶羊群朝一个方向前进，天上也有一根鞭子，驱赶着四面八方汇聚到城市里来的人，沿着一条条街道奔腾扩散，头顶上的波浪泛起泡沫。城市是个闭环，流来流去，总能找到该去的地方。如果迷路，就流向城市外面，从北京流向香河、涿州和怀来县，从上海流向昆山、嘉兴和太仓。但是从深圳不一定流到东莞和惠州。深圳不少地方是断头路。你想逃走，断头路仿佛是站在你面前的一个高大的人，他突然伸出手掌，掌心正对着你，五个指头笔直向天，说，你给我停住。

　　停住是停住了，总不能四目相对傻呆呆地愣着吧。说点什么呢？彼此并不熟悉。转身回去，又显得自己没面子，或者是非常的笨。这么多条路，你竟然走到断头路上来。不能怪导航，不能怪别人，谁会强迫你一定去走断头路？

　　麻雀误打误撞飞到屋子里以后，拼命撞击玻璃。玻璃白亮透明，与外面的天空浑然一体。它飞那么快，加速度让它视而不见，也可以理解。但撞了一下之后继续反复地往上撞，砰砰直响，这究竟为了什么？

是神经大条，还是它太执拗？多几次这样的案例，成为精卫填海式的故事，可歌可泣，万人景仰。赋予它一种精神，令其成为符号，这招够绝的。愣头青蛮干事件，起死回生，指鹿为马，强扭成瓜。人怎么办？不可能被戴上这么高邈的光环。面对断头路，停下来只是暂时的，他必须做出选择：一是原路返回；二是沿墙体转圈；三是撞墙；四是翻墙。抬头看看，直接翻过去也没多难。可巧对面不是一堵墙，是一栋楼。楼的后面还有一片楼，一片楼后面还有成千上万强壮的东西……那是一个世界。

我甚至在公园里遇到过断头路。气喘吁吁地沿柏油铺成的斜坡往上爬，以为可到峰顶，迎面一棵大树，背后乃密密麻麻的林子。领头的大树站在路的顶头，死盯着我，那个情状让人惊恐，一点都不亲切。后来一想，它不能动，不会把我怎样，才过去踹了它一脚，悻悻然返回了。

城市那么拥挤，生活那么艰难，人们还源源不断地涌进来。地铁里前胸贴着后背，做个深呼吸都能让别人脖子一热。只要可以暂时容身，谁都不肯离开，力争在这儿扎下根，不就是图个道路通畅、心中有望吗？万千道路铺陈在面前，眼花缭乱，必有一条属于你。即使迷路了，亦可胡乱走下去，总能遇到一个同情自己的人，遇到一棵能够遮雨的树，遇到在路边向你微笑的一朵鲜花。流水不腐，户枢不蠹。人不能被憋死。可以看见希望，过程中的疼就可以忽略一点点。

断头路打乱了这些念想。它是从哪里来的？

在时光隧道里回转头去，看见影影绰绰疯狂的人群，在最短的时间里，在一块块空地上、河岸边，像搭积木一样抢建起一座座用途各异的房子。他们在里面居住、吃喝拉撒。他们注册工厂，买来钢铁机器，生产电子产品。来自各地的年轻男女穿着工装，成群结队出入其间。野蛮生长阶段，各种人混杂在一起，结出了金钱的果实。在周围的人（包括他们自己）来不及思索这是怎么一回事的时候，新的世界矗立起来了。

新鲜长成的房子互相上上下下打量一番，都不由得嘟囔了一句：道路呢？

　　说归说，谁都不肯让一让。再说挤得那么紧，想让也让不出去，除非一阵昏天黑地的台风把它们吹倒，或者一只巨大怪兽像推土机一样跑过去，把它们全部踢倒在地。

　　断头路存在，就会有人走冤枉路。打乱了原来的计划，凸显道路的不确定性。对于胆小的人，不确定本已战战兢兢，如今翻倍的不确定逼压过来。

　　断头路可以看见的用处是盛装孤独。那些一根筋的、孱弱的、不走运的行者，明明看见了断头路还要向前走，直到零距离。面向着墙角，脚下倏忽跑过一只耗子。他轻声地哭泣，他静静地发呆，拒绝他人来安慰。仿佛电影《功夫》中周星驰躲在交通信号灯里自我疗伤。如果是傍晚，断头路把天上的流云截住。如果是深夜，就把各种声音拦住。只有它一个是围观者，把疗伤者抱在怀里。

　　对断头路的指责，从始至终就没停下过。每当有一条断头路被打通，媒体即铺天盖地报道一次。人们将这些当成社会进步的一环。我也要随着大流欣慰。我从不细想道路打通背后的故事。那么繁复的路，建筑的拥有者和拆迁者，有过什么样的接触。期间的交锋掺杂着多少汗味儿和绞尽脑汁。我像许多怯懦的人一样，假装没有看见博弈，只看到了晴朗和通畅，做一个岁月静好的分享者。

　　走着走着再也不用担心出现意外了。不用担心迎面伸出的那只手掌。没有了沮丧，这欢欣还依托在什么上面？无序变成了有序。一个理性刻板的人，按着一板一眼设计的路径，制造一个新的模式。那些随心所欲被遏制了，那些投机取巧被封堵了。严丝合缝，都在计划和掌控之中，想来也不是什么太好的事。我曾对断头路心怀太多抱怨，给予太多利益衡量，少了随遇而安，其实它对我的阻挡没想象的那么危险。我是否应该在其消失之后向它致个歉。

　　哪里有什么必须不必须。存在的，不是必然的。断头路正在陆续消失中，世界越来越葱葱郁郁，人的力量越来越大。

　　断头路盛装的孤独，洒了一地。

桥下的世界

　　一只黄背白肚的狗，仰面朝天，四条腿在空气中奔跑，偶尔还侧翻两下，像旧时农村常见的驴打滚。它太舒服了，天空为它洞开，超量的阳光倾泻而下，如同瀑布，不断浇在它身上，令其皮毛更加光亮。旁边站着一对年轻夫妇，都低头看手机。过了一会儿，他俩转身往前走，肥狗站起来，恢复成蠢笨的宠物，跟在二人后面，左嗅嗅右嗅嗅，草叶赶紧躲闪，还是被狗蹭了一嘴唾液。

　　一座立交桥，上面是城市快速路，下面是一条国道和一条普通道路。几个线条优美的半圆形桥体蜿蜒而上，所有道路可以借此交互转换，车辆、行人、单车，各安其途。

　　立交桥是我生活的日常。我日日夜夜从上面经过，坐在车里，手持方向盘，居高不临下，眼睛只盯红绿灯和前方的车。我是秩序的践行者和维护者。桥面有时会微微颤抖，专家的解释是"采用柔性结构代替以前的刚性结构，车辆经过桥梁时产生晃动，其频率是紊乱的，从而使得车辆的震动频率和桥梁的固有频率不会接近、吻合，避免共振"。总之一句话，安全无事。我胆小，始终提着一颗心，怎么可能低头看一看桥下呢？视线游离两三秒钟就可能出现擦碰，世界为之一变，阳光被铁器拦住，叶脉倏忽逃离枝头，细胞和细胞争吵起来，牛奶杯掉下桌子，啪嚓一声摔碎……不，我非始作俑者，让我沿着既定的路线继续枯燥地往前开。日复一日，我都麻木了，鬓角的头发悄悄变白。终有一天，我来到了桥下。从一个喧嚣的世界，到另一个喧嚣的世界。

刚刚站定，路边一个男人用力向我招手，嘴里大声喊着"哎""哎"。我犹疑，不明所以。看看脚下，判断他是要我走出草坪。可草坪上明明有很多人，为何单单看见我。再者，草坪本就是用来践踏的，作为行走的一部分，脚也软，草也健。名贵的，只能远观不能亲近的草，均为假草，是暴殄天物。此处草坪似野生，未经修饰，并不整齐划一，绿的绿，黄的黄，叶片粗糙，多么朴素真诚的人草结合。他没必要这么激动吧？正想着，另一个男人也向我招手，同样喊着"哎""哎"。

他们手里都拿着毛巾，眼神热切。忽然明白了，他们是理发师，在招揽生意。我这种衣着平庸、不修边幅的中年男子，正是其目标客户。我摆摆手回绝。他们泄气地转过头，另寻他人。桥下几条路把空地分割成几个大小不一的广场，桥边总共有六七个剪头的摊位。说摊位都是高抬他们了，几个红色塑料凳子而已。走近了看，凳子上已经坐着几个男人，脖子上系着相同的黄色围布，围布上绣着大花，龙袍一样。个个低着头，如在受审，却表情淡然。理发师口罩遮脸，手持老式剃刀，刀刃闪闪发亮，绕着"受审者"上下翻飞，头发纷纷落地。一个妇女把地上一团一团的黑发扫起来，装到旁边一个蛇皮口袋里。

问了下价格，8 元。暗想，5 元太低，没赚头；10 元是两位数，不合价廉物美之定位。二者不可得兼，舍弃两端取其中间也。这些理发师才是经济心理学专家。他们彼此之间竞争激烈，但不打价格战，不玩阴暗套路，用才华说话。其中一位理发师在摊位旁挂了一个牌子，上写："理发价格面议。38 年理发手艺，不满意不要钱。河南信阳章师傅，电话号码 183×××××××。"我为招牌拍照，他咧开嘴冲我笑……

嗯，他有机会收到 10 元钱的。

距桥上不过三五米，桥下俨然一个经过了精心安排的小世界。有雕饰，有天然，杂而不乱，俗而不劣。空地上种着五色梅、兰花草、剑兰等灌木或草本植物，另有决明、棕榈等树木。桥边紫荆树撒下落英一片，紫红花瓣均匀分布，绝无一个压在另一个身上。其中一块空地较大，中心位置植四棵大榕树，高约七八米，树下常年阴凉。每次都能看见一个穿黑衣服的老头坐在树下。他有时站起来散步，绕树转几圈，有时坐在那里发呆。不知为什么，他那么喜欢黑颜色，冬天穿黑羽绒服（注：南方的羽绒服迥异于北方，徒具其名，只是一层薄薄的棉衣而已），夏天是黑衬衣或者黑色的短袖。数次近距离接触，我依然记不清他的长相。这是一个分界线，在无价值判断的前提下，记住一个人的长相就算是认识他了。

桥墩旁有一个摊位，一张简陋的木板上，挂了若干太阳镜。摊主总是靠墩而坐，半卧，像是睡着了。有人骑着共享单车飞快地从前面掠过，摊主无动于衷。我从没走近他（她），他（她）穿的衣服太多，无法辨识性别。说是男性，花白的头发有点长；说是女性，又不具任何女性特征。我只好将其性别当作众多不解之谜中的一个。人到一定岁数就没有性别了。性格、长相、好恶、对人的态度，都开始趋同。

路边停着几辆手推车，车上的橘子、香蕉、苹果，全部论堆儿卖，五块钱一袋，十块钱一袋。一位老人挎着布兜，手一摆一摆地往前走，兜里的青菜悄悄探出头。

每天接触到各种各样的人，内心已然麻木，这些或行走或停歇的肉体如果在都市的街巷，一定会被我漠视。现在他们聚集于此，舒展生命的另一种姿势，给我暗示和启发，让我不由自主地心沉沉，意绵绵。我盯着他们，感觉万物静止下来，像一幅画，每个事物都被光线罩住。我细心打量，把它全部看熟看透，暗暗说一声"动"，它们才活动起来，走向四面八方。那种"走"，不过是互相换一换位置，都不会脱离开这一片草坪。

一个穿朝鲜民族服装的女性，对着面前的手机翩翩起舞。她时而调整一下姿势，把刚才的舞步重新来一遍。作为旁观者，我变换角度看，她有时像单薄的皮影，有时像立体的三维。

还有一个拉胡琴的人。那胡琴应该没坏，但不知为何，他拉出来的声音嘶哑、低沉，仿佛蹲便时嗓子里憋出来的闷哼，听上去极不舒适，仔细分辨旋律，是歌曲还是戏曲，抑或两不靠，均不得其详。而他歪着头，闭着眼，全身心投入，沉醉的神态令我肃然起敬。

相较之下，另一位唱得并不怎样的女士，简直成了天籁。她站在远远的草地上，避开所有人，鼻梁上架着眼镜，穿黑色紧身衣，系着绿色围巾，头顶草帽，左手执红色扇子，右手拿着手机，跟着伴奏音乐唱蒙古民歌，起码曲调是顺畅的，节奏铿锵。当她拉长并突然拔高声调唱"哎"时，胳膊伸向天空，全身跟着使劲，我看到她头上凤凰木的叶子都跟着跳跃起来。所有音符也震荡起来。天地之间的本色瞬间袒露，没有桎梏，自由、大美。每一个细胞都打开，成长为单独的个体，在空气中放大。它是头顶上那条坚硬柏油路的湿地，是都市的根基，把周围的事物支撑起来，亮亮堂堂。

从轰轰烈烈的桥上，到窃窃私语的桥下，全凭一座上坡又下坡的拱桥。桥的两边是台阶，供人步行；中间是三十度角的平滑斜坡，桥上立一提示牌："陡坡下车推行，禁止骑车下坡。"几乎所有人都对其视而不见，共享单车、家用自行车、电动车、大摩托，下坡时能骑行绝不推行。"呼"地一下子从台阶上的行人旁边擦过去，吓人一跳。推车上行的则如人生负重，由下往上看，五六双大腿乱七八糟地摆动。外卖小哥最敏捷，上坡照样骑行，一加油门，几秒即到顶。冬天最低气温十一二摄氏度，他们戴着头盔，穿着制服，脚上却是露着脚趾的拖鞋。上半身做出尊重天气的姿态，下半身泄露了藐视的真心。每个行人如此不同，走马灯一样变来变去，站在那里看一天都看不厌。

平心静气，屏住呼吸，四周各种来源的轰鸣，攒成一个整体，一直停不下来，像一层坚硬的盔甲，紧紧裹着这一块地盘。内部的声音也只在体内循环，漏不到外面去。若轰鸣突然停止，桥下世界就会像扒了蛋壳的熟鸡蛋，裸露着不知所措的身体，颤颤巍巍，惶恐不安，然后被四面八方赶来的病菌污染，变黑，成为宇宙的弃儿。

据说人站在高处的时候，总有忍不住跳下去的念头。我开车在桥上经过时，只想着快点离开，从无此心。我并没有真正俯视过，眼睛被欲望支配，更习惯于仰望。现在站在桥下，平视周围，才明白，我貌似鬼使神差地来到此处，其实是从上面飞下来的。我有翅膀，只要伸伸胳膊，羽翼便可以打开，在香甜的气流里游弋。我和在这里飘荡的人本是同一类人。

我终于和他们站在了一起。

大街温柔

街　道

人在街道上走，仿佛在悬崖上走，一不小心就跌进看不到底的深渊。两边的树不会伸手去救你，它们伸手也来不及。

两米就是深渊。普通人站着的时候仪表堂堂，神情肃穆，西装包裹着刚劲的躯体。一倒下去完全成了生物，你瞠目结舌的表情，瞬间定格，仅仅是摔了一下，咔嚓一声，骨折，你就成了另外的你。

犹记当初年纪小，小伙伴们探讨世界上什么最平。有人说是镜子，有人说是柜子，有人创造性地说是水面。同宗立庄哥非常不屑地看着我们，口吐莲花：世界上最平的是油漆马路。

在场的人都愣住了，谁也没见过油漆马路。谁的见识多，谁就会唠嗑，谁就有话语权。

现在的城市，几乎是一条放大的油漆马路，人们只知道它"平"，不知道它"硬"。脑袋从身高一米七五的地方斜摔下去，和油漆马路碰撞一下，此人差不多就陨落了。所以城市里脚步匆匆的人们都坚持着不倒下去，用各种办法支撑自己。

油漆马路不仅硬，还烫呢。碰瓷老头坐在车前二十秒后，站起来一瘸一拐地跑了。车主追问他为什么？他说烫腚。再坐一会儿，屁股都成烤串了。夏天热，冬天冷。路面极少有与人的体温吻合之时，什么时候可以坐在路面上聊一会儿天呢。只有一年四季躺在芒果树下的那个乞讨者最坦然。他已经忽略了冷热。他的生活感受藐视世俗。

路只是用来运送人的，像一条条日夜滚动的传输带。它不让人在自己身上停留。你停一会儿，它就想办法把你摔下去。

地砖铺成人行道，油漆铺成汽车道。汽车之间互相碰撞，有时候还撞人，让危机四伏的道路更加凶险。你难以预测什么时候突然有一辆车就疯起来，飞向无辜的人群。随后会出现各种解释：一是女司机；二是司机酒驾（毒驾）；三是错将油门当刹车；四是司机精神不正常。司机并没有死，十几条人命丧失，十几个家庭破碎。

有时候汽车也变得脆弱和茫然。在平整的路面上开着开着，突然掉进深坑。油漆马路仿佛一只巨大的怪兽，看着汽车飞快地向自己跑来。当然，汽车速度和怪兽的速度比起来还是差很多，汽车再快，在怪兽眼中也是缓慢的。怪兽唰地张开嘴，汽车就惊呼着落入。接着，尘土和沥青渣子七手八脚地埋下来。

立庄哥只知其一，不知其二。如果他活到现在，对油漆马路一定不是那样钦佩的样子了。

站在路边，看着川流不息的人群，想象他们是一群小蚂蚁。他们毕生的努力，就是编织一块巨大的披风，覆盖在这个叫作城市的地方。而且他们还真干成了。

掀掉这块披风，下面是原始的土地。

我对原始的土地也充满了恐惧。

我就是在所谓的土地上长大的，了解那些没有经过修饰的土地。下起雨来，整个世界都被烂泥覆盖。走路的时候，泥地紧紧拽住你的鞋，你用尽全身力气和它争夺，鞋子还会被夺走。干脆光着脚。泥地中隐藏着无数的暗器，有蒺藜、玻璃碎碴儿、锈铁钉、骨头、死去的昆虫尸体。走几步就会被刺中。稀泥和血水混在一起。疼。那么巨大广袤的土地，你无法拥抱，脚下这几个平方厘米的土地就绊住了你。

晴天的时候，花朵开放起来。季风则怂恿尘土暴动，推波助澜，让它们飞升，充塞在天地之间。用一种模糊的东西把天和地连接起来。人在这中间是可以忽略不计的。幼小的我，只能顶风低头，在其中麻木地跋涉。

我也不知道，人应该往哪里去。只知道人最初应该在海洋中。

一片蔚蓝的汪洋，是凝结的一块。人可以在海水中开辟自己的出行道路。走过之后，道路自动闭合，恢复原状。鱼虾在身边环绕。那就是人们的土地，那就是他们懵懂不谙世事之时的纯真。

小公园

公园小得要拿显微镜才看得见。阔大的城市拓宽了人们的视野。开车一掠而过，仿佛蚊子叮了一下，有痕无痛。需有人指给你看，那里有个公园。待你回头，已经过去了。

偏僻处，大浪社区公园，红红的六个字旁，一条斜置的台阶小径。走上去，细数林林总总。公园说，我聚集了一个公园该有的一切。

拥挤的树木。高高低低，仿佛人影错落有致。高的有榕树、吕宋鹅掌柴，脖子仰成直角才可以看到。中等的如紫荆花树、凤凰木、铁刀木、决明子，可以清晰拍照，花朵在镜头里欢笑。低处的蒲葵、滴水观音、洋金凤等，各自据守着地盘，懒散地打量着其他草木，内心也许一直揪着。人们五分钟就可以逛完的地方，它们要开花、歇息、传宗接代，穿过下午走到晚上。别看地面上谁也动不了谁，地下的根差不多已经刀枪剑戟，正面交锋了。风刷啦啦的，空中的叶子负责呐喊加油。

亭子，而且是两座。黄色的盖子翘起四角，下面排布石凳四个。上面托着一个白发老人。发呆。不动。年华流逝，他渐渐变硬。最后剩下的骨头和石凳一样硬。他坐在自己的未来上面。

小广场，方圆数步。两人在中间跳舞。很慢的那种。音乐声不大，午后的树叶刚睡着，正好用来催眠。与昨天所见，似是同一对，又似乎不是。公园里关键的还是人。无人，便是死风景。舞蹈的中年男女，恰如公园睁着的眼睛。

石板路沿斜坡扭曲着向上。不长的距离，因这扭曲而让风景翻了一番。一个蓝色提示牌："小心蛇、蜂，注意安全。"配画是一条萌哒哒的小蛇。巴掌大的地方，蛇能藏在哪里？蜂么，总是采蜜。赏花时别招惹它们就行了，蜂也是风景的一分子。

深圳不到两千平方公里，和其他地方一个县大小相当，号称有九百多个公园，自然不可能硕大无朋。公园在林立的农民房、商品房、写字楼间见缝插针，有一个算一个，捡到篮子就是菜。螺蛳壳里做道场，尤需在"小"上发挥，拐弯处精雕细琢，显眼处突出特点。小地方，藏不了太多的假，作假作伪很容易暴露。小和精致有着天然的亲戚关系。我在深圳见过多个"小公园"。铁岗公园，位于几条道路交会处的一个三角地，闹中取静。布心社区公园，其实就是改造了一下绿化带，树下摆几个石凳，花花草草多几个层次。在一个地方待久了，并不觉其小，"小"中的乾坤，身在其中者自有体会。

这个公园龟缩在社区一角。举目望去，几十米外，老旧小区的阳台上晾晒着衣服，抖抖索索。到深夜，没被收起的衣服们，会自己跑到公园里散步吧。

旁边的马路上，一辆一辆的车唰唰逃走。发动机的轰鸣声，车轮摩擦柏油路的声音，隔着围墙一下一下撞进公园里。植物们岿然不动，似乎已习惯了一切。它们能在这个城市里有自己的阔绰之地，多么幸运。

大树编故事

乡下的树生长果实和鸟。树林子大了，还可以养育蛇、兔子、狐狸。

城市里的树生长故事。有人低着头看手机，一头撞到树上，仍不抬头，转个弯，继续往前走。有人走着走着就躺下了，围上来一帮人，扶起闭着眼睛的他，掐他的人中，捶他的后背。他醒过来，蹒跚而去。四个民工，坐在树下打扑克，每人腿边一堆破旧的零钱，还有毛票呢，他们保持这种原始方式而不使用微信支付。一坨鸟屎落在四人中间，瞬间惊起。四个脑袋齐齐抬头望，满满一个天空的树叶，仿佛一个天空的眼睛，俯视他们。

有人推着婴儿车。婴儿翘着雪白的小脚丫，手指坚定地指着一个方向。顺其方向看过去，有缘人可以看见神。小情侣躲在最粗的那棵树下，抱在一起。外人看到他们宽松地相拥，他们的手指暗中紧紧往肉里扣。大树的阴影笼罩着他们。

路上掠过一辆车。车窗开着。车主往外瞟了一眼，如睹一场宽银幕电影。他视而不见地转回头，心上烙下各种各样的影子。

满街浓浓的树木，每一棵都像是一个站着的人。不动则静，动也不奇怪。突然有一天它们跑掉了，交叉着的十字街道，瞬间变秃。谁这么厉害，能把粗大无脑的树吓住。一棵一棵绝不肯雷同的树，组成了一个庞大的身躯，趴卧在城市的干道上。两条腿趴在街道的竖向，两只胳膊伸展开，遮住街道的横向。半夜打了一个雷，它爬起来跑了，跑得非常彻底。这只是拟人的表述。它肯定是被万能的林业工人带走了。连根拔起，留下一个个深坑。第二天这些深坑也会被填埋平整。整个街道平静得好像本来就是秃的。

没有了树的街道，一目了然。街道好清晰啊。公共汽车一辆接着一辆，首尾相连，让"川流不息"四个字生动起来。抬头看对面的商厦，真近，不过三四百米。有树的时候可不这样。你要绕过树和那些故事，才能走进对面的人群，你的脚会沉很多。商厦显得远。

世界变薄了。由此及彼，没有遮挡就相当于没有了距离。没有连接就没有了彼此。没有了故事就没有了行进。一个精致的人，脱了上衣，光着膀子，好像是平易近人、亲切了，其实是大写的粗俗无畏。偶尔为之尚可，若成常态，性质已变。人和人的差别就是衣服。街道和马路差的还是树木。没有了树木的街道只能称为马路。一只鸡和一只鸭子，如果都拔了毛，一团肉和另一团肉，在视觉上能有多大区别？它们的差别岂不是羽毛。一只鸡和凤凰比起来，羽毛差别更大。

没有树的街道，看一眼新奇，看两眼悲伤，看三眼闭上。

乡下村头迎接外来人的那棵树，风吹雨打过多遍，果实还没熟透，就被野孩子连同枝条一起掰下去。城里的树貌似最安全，有人看护。快倒的时候有人在它旁边支一根铁架子。台风来临之前，锯掉它冗长的枝干。变黄的时候还有人给它打吊瓶。但城里的树也最不自主。说被挪走就被挪走，辩论几句都不可能，即使它有天大的理。它也不是想在哪儿扎根就在哪儿扎根，都被严格算计过。光秃秃的一条街，说种树都种上了，两天时间，满满当当绿意盎然。说秃就秃了，少见自己扎根带来的成长、惊喜、痛苦的过程。

编织故事是大树们的呈现方式。它们搬走了，应该还没被烧毁。别指望它们原路返回了。祈祷它们在另外一个地方继续繁衍故事。

第二辑

我不认识铁岗村的人

我不认识铁岗村的人。

想到这里，我的心里踏实下来。

我向往着每一个陌生。在每一个陌生的地方，看到不同的人，遇到不同的事儿。

铁岗村是我经常来的地方，建筑都很熟悉了。但走在这里，我不担心路上有人跟我打招呼：嗨，某某某，下午好。

那样我会手足无措。

我要求不高，只是像蚂蚁一样，要碰触一下陌生的触角。也许什么意义都没有，只是一种下意识。

时不时就到铁岗村来一次，当然是因为离得近。只有这一个理由。早年间，在乡村生活，几乎没有外出的机会，到乡镇上赶个集，都算出趟远门。要买什么东西，要怎么梳洗打扮，都是事先规划好的。

时间一长，往来铁岗村次数多了，对铁岗村可能就有了感情，甚至愿意主动了解铁岗村了。

铁岗村是个城中村。在官方口径里，早改成了铁岗社区。附近的流塘村、布心村、河西村等，也都改成了流塘社区、布心社区、河西社区等。

"村"这个字只活在本地居民和早期移民口中。后来的人，也跟着这么叫。

早晚有一天"村"这个字会死掉。村庄所承载的那些东西都没了。"村"还有什么价值呢。它只是一具木乃伊。

和很多城中村一样，这里有大量的"握手楼"。楼间距太小了，从这个楼的窗户里伸出手去，可以握到另外一座楼里伸出的手。

但大家都缩进自己的屋子里。你伸出一只手，不知另一只手在哪里。

当你与人在这些局促的、狭窄的巷道里交错时，你就会体会到什么是真正的擦肩而过。

每家每户能使用的土地有限。大家拼命向天空要土地，让楼房长到云霄中。

据说有些地方规定最高不能超过五层。谁会规规矩矩地遵守呢？每层楼都是钱啊。把楼盖好，坐在家里数钱就好了。

那些租住者数着自己的日子向业主交租。他们忙得连握手的机会都没有。即使对面邻居忽然伸出手来，他们也只是瞟他一眼，转手回去煮自己的饭。

他随手甩下的一滴水，落在我的头上。

一个人推着手推车从我旁边挤过去，上面轰轰烈烈地挂着各种药品。按常规，喇叭里应该响亮地喊着"老鼠药、蟑螂药"之类的话。而他悄无声息，仿佛有什么心事。

早年间，这样的"握手楼"下，是污水横流，垃圾遍地。住在里面，几无尊严可言。我看到的铁岗村，还有附近的几个村子，其实都算得上干净。城市越走越老练，从野蛮生长阶段的粗疏里缓过神儿来，就是所谓的精细化管理。

人，应该还是那些人吧？生活方式终究要有点变化。

没人逼着变，自己也要变。

我曾设想，在这个城中村里有一个好朋友。

他居住在某栋楼的三层或者四层。防盗门敞开着，房间里杂乱地摆放着电脑和画布，画布上是未完成的油画，电脑里是刚写完的一篇小说。四处弥漫着经久不散的烟雾，即使打开窗也明亮不了多少。他似乎跟明亮有仇。

但某个阳光充裕的下午，他的客厅也会突然变得刺眼。

我经常出现在他的客厅里，和他一起喝茶、抽烟、谈诗歌，把自己微信上刚刚写完的诗翻出来读。对方闭着眼听着，也可能根本没听，在闭目养神。

我们坐在一起，就是一首诗歌了。

他每天早晨要去楼下的"沙县小吃"点一个炖盅、一份煎饺，慢慢地吃完，可能在附近转一转，散散步。城中村真的没什么可转的，他要走出铁岗村，到附近的铁岗水库的绿道上去散步。绿道上一年四季鲜花盛开。跟北方不同，岭南的春天是落叶的季节，黄叶一夜之间铺满尘世，新芽和落叶无缝对接。

走在黄绿之间，他就避开了城中村的市井与凡俗，在树枝随时碰到头颅的道路上舒展自己的高贵，以及梦想。

假如我住在另外一个城市，一个千里之外的远方，想到深圳市宝安区西乡街道铁岗村有自己的一个朋友，深圳在我心里就会温暖起来。下了飞机，我会风尘仆仆地坐大巴赶赴这里，扔下行李，在他的洗手间里冲一个凉，和他到楼下喝冰啤酒，吃刚炒出来的辣嗓子的湘菜或川菜。我还会兴奋地谈诗，把自己微信上刚刚写完的诗翻出来读。对方闭着眼听着。

那几天，我们每天访友逛景，忙忙碌碌。晚上回来就在"沙县小吃"凑合一顿。

离开时，我们会大喝一次。喝到兴奋处，也许抱头痛哭一场。他问我什么时候还会来，我说不知道。

以后的日子谁知道呢。一个平时很熟的朋友，昨天还在国外发微信，今天就传来噩耗，突发心梗离世了。

可是我和朋友住得很近。我们就没有那么多话了。在楼下遇到，点点头过去，甚至视而不见。

人和人太熟悉，肉体长在一起。有时像手指，碰一下都疼；有时像头发，砍掉了也没什么。

想到这里，有点悄悄的难受。

铁岗村真的有一个"沙县小吃"。在深圳的任何一个角落，都可以找到一个沙县小吃。

小吃店里缺少有特色的店主，比如长着大胡子的，虎背熊腰的，瘦小枯干的。每个店主差不多都是一个样子。我吃过这么多家小吃店，店主面目一律模糊。基本上就是一对年轻的夫妻，不胖不瘦，不高不矮。一两个在门前乱跑的大娃娃，身边跟着一个蹒跚走路的小娃娃。

铝制盆里的肉馅儿散发着新鲜的气息。肉馅儿那么细腻，细得像沙子。店主一年四季都在拌馅儿、捏饺子。但我不怎么吃饺子。

我最爱他们的"飘香拌面"。简单的一坨面，扔在锅里煮一下，捞出来，拌一点麻酱，再放一张生菜叶。菜叶是整整的一片，在滚水中烫一下就捞出来。这在北方人眼中是很不成熟的表现。菜嘛，总得经过刀劈斧剁，油煎水熬。广东人有"三天不吃青，两眼冒金星"之说。这个"青"，就是蔬菜，就是一片煮熟的菜叶。

人来人往的时候，老板显得跟顾客很熟的样子。来了？请坐。吃点什么。走啦，再来啊。

也有不怎么说话的，但眼神儿很亲切，仿佛一下子认出你是他的亲人。

他不会记得每一个人。如果我在街头跟他打个招呼，他可能发蒙，心说，这人谁啊，认错人了吧。

日本一个做"烧鸟"（类似于鸡肉烧烤）生意的，顾客非常稳定，每天谁会来，什么时候来，有个基本的规律。似乎日本有很多这样的店铺。一段时间内，一个常客忽然不来了。那一定是他的生活发生了变故。店主去看望这位住院的常客，常客已经说不出话，认出他来，潸然落泪。

店主讲完这个故事，眼里亮晶晶的。

顾客和店主都有自己的生活，有自己的光阴需要消耗。每个人都是别人眼中的过客。

见上一面，第二天还是过客。

我经常用手机拍照。

我和身外的事物因此有了隐秘的联系，这样我就不会孤独。

所有的关系，都要有人主动去建立。

在铁岗村，我一般只拍视野的上半部分。镜头的下方太杂乱。谁都想见缝插针。汽车、树、垃圾箱、共享单车、市民晒的腊肠、店铺以及摆在店铺门口的东西，像树根一样盘根错节，又有自己内在的规律。我从店铺门口经过时，随手拍照。店主用浓浓的粤式普通话发牢骚说，又来检查啊，没完没了的。

它们让我感到紧张。拥挤的画面，你怎么摆也摆不整齐，也躲不开。

我喜欢拍天空。天空其实是个背景。画面的主角可以是高楼的一角，可以是树上的一朵花或一堆花。干净，明亮，这才是世界应有的样子。

主角还可以是白云。深圳的天气真好啊，白云真多啊，即使下了雨，那些受伤的云彩晚上睡一个觉，第二天醒来，又开开心心地出现了。他们不用为自己操心。一切自有蓝天的安排。

把命运交到别人手里也是不错的事。

每一个城中村都是一个自足的小社会。在这里，基本生活都解决了，可以在里面过一辈子。

城中村修建时会刻意利用院墙、铁篱笆、河沟之类的障碍物，与外面隔开，成为一个独立的个体。颇似周星驰电影《功夫》里面的猪笼城寨。

铁岗村一面是围墙，一面是臭水沟。臭水沟边上是高高的铁丝网，避免行人掉下去，也许是防止人们往里面丢垃圾。其实里面已经布满垃圾。隔着那么高的铁丝网扔过去，很需要费点气力。几朵粉红的簕杜鹃趴在铁丝网上，兴高采烈地盛开着。

一面是临街的店铺。从外面路过，你看不出这是一个村子。你看到的是宽阔的马路，各种店铺和店铺里偶尔进出的人。你分不清谁是店主谁是顾客。大家都从容地做着自己的事，说着自己的话，塞满了炎热的空间。

再走过去，有一个门，门口是个广场。写着铁岗村字样。里面又是一个广场，广场中心是水池。水池中间是凉亭，几块石板搭在水面上，走上去还有点九曲回廊的感觉。

这里相当于社区的中心。边上是一个名为康乐中心的建筑，几座小平房，其实是个居民活动站。有人在里面打牌。有人坐着聊天。

广场周围是一圈树。浓荫下布满了纳凉的人。

我所得到的文字资料显示，铁岗村户籍人口三四百人。而这里实际人数至少得三四万吧？大量的外来人口淹没了本地人。

本村原住民比例最小，但是扎堆。坐在树下乘凉的时候，他们叽里呱啦说的粤语，才让你感觉到这是他们的地盘。

更多的人则是坐在条凳上，玩着自己的手机，互相说话的不多。像一排小鸟，站在电线上，各自叽喳着自己的心事。

风一吹来，他们的心事就刮得漫天乱飞。你听不到，但你能看到。

我在这里溜达，每次见到的人都不一样。即使他们住在同一个屋檐下。上次是姐姐，这次是弟弟，下次可能是他们的邻居。

那些乌泱乌泱的人群，杂乱无章地沿着烈日指引的方向，在不同的路途上，像微小的蚂蚁一样转来转去，最后都能找到自己的家和亲人。他们的亲人也是转来转去，最后也都找到了他们。多神奇啊，大家都不会迷路！

我是一个闯入者，一个外来的、跟他们毫无瓜葛的路人。在他们眼中，我也是个陌生人，跟我眼中的他们一样。我看不到他们的悲欢，他们也看不到我的悲欢，我们都是陌生的。

但我已没有激情主动结识他们，和他们成为知己。

我的一个朋友，不饮酒，不吸烟，不吃肉，酒桌上寡言少语。然而，曾经他抽烟、喝酒、吃肉，每天醉生梦死。这样的改变，当然是因为大夫警告了他。

忽然之间，一个人走到了自己的反面，像瞬间开悟一样。活跃的人，一夜之间沉闷下来。沉闷的人，一夜之间激情四射。都像变了一个人。

想来，一个人这一辈子做什么事都有一个定数。他的吸烟数量、饮酒数量、食肉量，能说多少话，做多少好事，做多少坏事，有一个总量控制，完成了这个数量，大概就要调头了。

一个人这一辈子能认识几个人，结交几个朋友，也是有定数的。

我现在认识的这些人已经够了。

正因为不认识铁岗村里的人，我才心安。

我往哪里去，都尽量不打扰朋友。

有些人到了一个地方，第一件事就是给那里的朋友发短信。事先不通知，到了以后也不打电话，只发短信、微信。大概意思是，我到了这里，我告诉你了，理不理我，你看着办。把问题推给别人。

我感觉这很怪异。要是想见的话，就大大方方告诉人家，你想见一下他，或者想让他提供什么样的帮助。要不就一声不吱，悄悄地来悄悄地走。这样不冷不热、不咸不淡的方式，其实更是打扰了别人，打乱了别人的生活节奏。

大家在各自的领地上，忙活着各自的事儿，很多时候真没见面的必要。每天互看微信，已经了解彼此的生活。让别人陪一顿饭，还不如自己安安静静地享受一杯啤酒和一碟小菜。

谁一定需要谁呢？

朋友本身是个变量。利益相同的，生活方式相同的，价值观相同的，走到一起了。后来变了，离开了，这很正常的。

朋友更多的是给我一个心理上的抚慰。

到一个地方去，如果这个地方一个熟悉的人也没有，心里会有一点小小的恐惧。如果有一个熟悉的人，或有一个原先打过交道的人，往那里去，即使不见他，心里也踏实。

铁岗村有着很多熟人的痕迹。

一个叫"打铁"的文艺团体，汇集了形形色色的漫画家、作家诗人、编辑、公务员、演员、主持人等，是一个松散的民间文艺团体，在宝安区号称"小文联"，也获得了官方的认可，经常把一些文化项目交给他们做，所谓的购买服务。深圳每年的文化例牌菜——"深圳读书月""文博会""创意十二月"等，都要组织一些文化活动，由政府出资、民间文化团体承办，既可给他们一些资金扶持，又省心省力，创造民间活力。

我跟打铁文艺社的人都很熟，也时不时和他们一起参加活动。

在铁岗村的墙上，我看到了他们的涂鸦。

一面又一面的墙上，画了好多画，花花绿绿的。有抽象派的，有写实的，有印象派的，在我这个外行看来，大概只有两个字可以概括：很好。

一堵墙的后面，矗立着一棵枝叶繁茂的树。墙上画的是树干和树根，和墙后的枝叶成为一体。

广场围墙上的涂鸦是十二生肖，画成了三维效果。属虎的人，站在老虎前面拍个照，后面的老虎呼之欲出。属兔的站在兔画像前面，后面的兔子很羞涩的样子。

还有夜光漫画。晚上灯光暗淡，一幅画挂在黑夜的一面墙上。走夜路的人，心里一亮。

也有民间创作者不断参与进来。在低处，小孩子们会写上"某某是小王八"之类的话，成为整幅作品的一部分。

……

这些涂鸦是政府扶持的文化项目，由打铁文艺社召集国内一线漫画家创作。据说铁岗社区要把这里打造成独特的文化景点。

经济好了，有闲钱做些闲事。

闲事好还是不好呢？应该是好吧。

对于铁岗村的大多数居民来说，这些漫画之有无，并无世俗意义。这不是他们的生活。超市理发店才是。就像一个常年定居深圳的人，世界之窗和华侨城并不重要，楼下的"Seven-Eleven"店和沙县小吃才是日常。

而打铁文艺社把这里做成文化景点，一定会间接"侵入"居民的生活。

文化有立竿见影的意义吗？没有。那些进进出出的人，他们目力所及就是这些涂鸦，久而久之，心思被熏染，思维也会受到影响。

这些原本陌生的东西，早晚变成他们身体的一部分。

如此说来，文化就有意义了。

听汪峰的歌曲《北京，北京》，有一种感觉：同为一线城市，北京有忧伤的气质。上海没有，深圳也没有。在火热的深圳，成千上万的人时时刻刻都在演绎自己的悲欢离合。他们的泪，他们的血，他们的爱恨离愁，没有忧伤做背景，瞬间都被抹掉了。

多年前，我一度梦想背着一把吉他到北京去做个流浪歌手。大学期间，我自己作词作曲的歌曲《五月花》获得了东北亚音乐台的校园歌曲大赛第二名。我梦想着和一帮流浪的诗人、画家，在那个充满忧伤的城市里消耗自己的青春岁月。

可惜后来没去成北京，而是来到深圳。

在这个没有忧伤的城市，我将度过自己的余生。

忧伤是从容的，要有几百年的酝酿、上千年的沉淀。一个几十年的城市，还不懂得忧伤。

我在深圳，在铁岗村只看到陌生，硬邦邦的陌生。

我想把陌生，变成我能承受的忧伤。

铁岗村，是我走向忧伤的第一步。

想去上沙住一年

　　我要去上沙住一年。妻子不屑地问，你不工作了吗？答，那就等退休以后。

　　妻子无语，她认为我也就是说说。

　　她没错。我确实还没准备好。但起码可以先想一想，住到那里去，我要做些什么。

　　这个被豪宅、商场包围的城中村，位于深圳市中心，暂住及流动人口一度高达十万人。十万人的规模，流水一样来了去，去了来，三四十年下来，一代新人换旧人，与这个村子发生过关系的人，或许高达百万了吧？这是个有故事的地方。

　　一位诗人说："我初来深圳，在上沙住了三年，十多年过去，再去已和原来完全不一样。"语气中有淡淡的忧伤、失落。人皆如此，记忆停留的那个地方，雕刻着自己的喜怒哀乐，剐蹭着青春时光，是一段生活的见证。那个地方变化了，自己的故事也没有了附着点。自己可以老去，见证者不可老去。我接触上沙也晚，看到的仍是源源不断的流淌和旺盛的生命力。诗人以之对照自己的旧时光，是纵向比较，我对照见过的其他城中村，是横向比较，感受自然不同。

　　我到上沙住，首先要租房子。整个上沙片区，多为七八层的农民房，据估有八九百栋。近些年，部分农民房因旧城改造而被拆掉，但依

然是规模庞大的一块城市湿地，供人暂歇。2022 年的价格：单间 2000
元/月，一房一厅 2800 元/月，两房一厅 3500 元/月，三房可达 5000 元/
月。此为约数，来源于路边的"便民公告栏"。有些特意标上"房东直
租"，暗示没有二房东赚差价，可节省费用。二房东者，包下一栋或几
栋楼，重新装修为"公寓"，加价出租，因为住宿条件更好，生意亦不
错。上沙片区一半房子掌握在二房东手中。

　　我来暂住，要多看几家，分别打问价格，比较楼层高低、室内装
修、楼下配套、地理位置（距地铁口远近）。和房东（或二房东）神
聊，从他们提供的价格中分析房子的差别，如有可能，我会整理出一个
具有指南性质的上沙村房租价格表，提供给初来乍到者，但行善事，莫
问前程。

　　上沙有一不同于其他城中村的地方，即在几条街道的路边都有"出
口""此处进村""此处出村"等指示牌，想来是楼房太多，歧路也多，
在里面容易迷路，找不到方向。我这样漫无目的地乱走者，看到后心里
突然亮堂了一下。定居上沙期间，我会一条路一条路地摸索之、熟悉
之，成为活地图。我有空就站在没有指示牌的路边，专等着有人来问
路。"前行一百米，下坡，左转，看见一个指示牌，就可以出去了。"

　　人有三急，如厕第一。上沙有公厕，需从一楼进入，至楼上，干干
净净，像其他地方一样配有手纸、洗手液等。但公厕密度不够，上沙暂
住村民王国华会找到村委会，提出建议，村中可否增建公厕一二。

　　我要跟开饭馆的小老板们聊聊天。那么多饭馆，一天吃一顿，一年
下来，不见得吃一个遍。在这其中，一定有些饭馆还没等到我去吃，就
关门大吉了，但房子一定有人接着租。一个曾居上沙多年的友人讲，他
眼看着一个饭馆一年内换了三个老板，先卖东北饺子，接着卖湘赣木桶
饭，再卖烧烤，最后倒是一个杂货铺站稳了脚跟，而不远处的杂货铺倒
闭了。上沙人流量大，并不代表商家可以躺着挣钱。相反，同质化竞争

更显残酷。相隔几百米就有三家沙县小吃，你选谁？所谓一将功成万骨枯，一个笑着数钱的老板，背后是数位半夜流泪的"前老板"。路边一个专卖油条和豆浆的小店，油条两元一根，豆浆两元一杯。我和妻子两人共花八元钱，吃个半饱。油条又粗又鲜亮，成本是多少？一天能卖出多少？原料从哪里采购？手艺跟谁学的？每天需要工作多长时间？光靠着这个小店能维持全家生活吗？这么多好玩的问题，想想都激动。但我和他们谈这些时，他们是否愿意回答？即便愿意，他们是否会说实话？我住下来，成为他们的邻居，继而成为他们的回头客，也许有机会听到真实的心跳。我白天在外面闲逛，凌晨时回到楼下的"深夜食堂"，点一个小菜，一支啤酒，小酌，坐看饭馆外面的灯光逐个灭掉，天渐渐亮了。

　　租房时无论询问多少个房东，最后我一定落实在一个本地人，而且是爱说话的那种，这样我好跟他聊聊本地的事。关于本地历史的文字现在已有不少。若不是时代机遇，村子突然膨胀壮大，无数的目光投掷过来，这个村子也许会像其他成千上万个村子一样诞生了，拔节了，死去了，湮灭了，生生世世荒草一般。如今有了被记录的资格和资本，但我还是不太关心业已成型的文字介绍，比如上沙村实际由东村、塘晏、椰树、龙秋、九园五个自然村组成，比如上沙村像深圳其他许多城中村一样，由村庄一步步变为实业股份有限公司等等。我想了解更多隐隐约约、半梦半幻的故事，比如20世纪五六十年代，为饥饿所迫的本地人纷纷从海上逃往对岸的香港，多年以后，大门洞开，他们带着辛苦积攒的血汗钱回乡投资，为这个村子的超速发展打下了根基。

　　我要找的这个本地人在村中生活多年，他略显夸张的叙述都是亲眼所见、亲耳所闻，带着他的体温。有些也许出自他的臆想，这不要紧，多问几个，互相印证就好。某种意义上，他才是书写历史的人，恰如我和更多的外来人一样，一起书写着今日深圳的历史。

　　每次去上沙，均见街角坐着几个中老年男人，头秃，看上去并不健壮，互相离得较远。每人面前摆着一个牌子，大大地写着"搬家"，亦有写"搬厂"，似可说明此处人员流动频繁。大字下面还有红色小字，服务项目可齐全了："家电维修、回收旧电器、开锁加雪种（'加雪种'即往空调里面添加制冷剂，南方家庭常用。与'开锁'连在一起，无须逻辑，能看懂就行）、清洗空调、清洁卫生、疏通厕所、安装水电、拆装空调、搬运材料、打墙装修、室内涂料、防水补漏、货车搬家、水电维修。"在他们没有生意的时候，我要走过去，请他们抽一根烟、喝一杯饮料，听他们讲自己的故事。吾知，他们的戒备心都很强，或曰他们只知道干活，懒得讲述。这种事不能霸王硬上弓。这很考验我的情商和应变能力，从接触他们到他们张开嘴巴，本身又是一个很有意思的过程，我愿意尝试。

　　我是个作家，要写东西的。但跟上面提到的这些人聊天，我会摒弃写作思维，绝对一点说，不把他们写到作品中，让其烂在肚子里。我只是满足自己的好奇，而不与人分享。那些带着血迹的一个个故事和事故，蜗居于我的身体内，成为我和讲述者之间的秘密。再看别人高谈阔论其人其事，或呈现一副讳莫如深的样子，已详知底细的我，淡然一笑，悄悄走开。

　　上沙村里的楼房真挤。其他城中村也很挤，楼挨着楼，所谓"握手楼"也，即一个人伸出手，可以握住另一栋楼窗户里伸出来的手。以我所见，上沙村的部分楼间距略等于无，不仅可握手，还可互相喂食，下面狭窄得仅容一个瘦子侧身走过。不知是谁放在那里一辆电动自行车，不小心碰到，警报凄厉地叫了两分钟。我手足无措，想去制止，又怕火上浇油，只能眼巴巴看着它哭。直到哭声止，也不见主人来。妻子看我从楼缝儿里挤出来，说，你在这里一个月都呆不了的，连阳光都看不见。

我不同意，心想，要来住，最好是雨季。雨天，呆呆地对着窗外那近在咫尺的一面墙，看雨水悄无声息地由上面淌下，偶被电线挡住，立刻弹跳到这面的墙上来。或者听楼上邻居吱吱嘎嘎地搬桌子、挪凳子，一个下午都不消停。或者听楼下街道上扰人的市声。万物皆动，唯我独静，这样的时光，虽阴暗潮湿，仍可算得上享受。

我说住在上沙，不会作茧自缚，画一个圈把自己困住。周围鲜花丛生的公园、巨大的商业综合体，皆为我所用。生活范围尤其要及于下沙。

下沙紧挨着上沙，在外人眼中，二者从未分开。人们常用词汇为"上下沙"或者"上沙下沙"。而在事主本身，似乎并不亲近。两村本来都是黄氏后人，上沙村以黄金堂为开村一世祖，福田村和香港新界油田村等地黄氏与其同属一支；下沙村则奉黄默堂为一世祖，上梅林、北头村与上合村的黄氏共尊之。二位一世祖是否是亲兄弟不得而知，不过两村黄姓认同他们属于同辈。历史上两村村民有过争斗。离得越近，越容易看到对方的弊病，产生心结，久难去除。此或亦为传统文化中的一部分。

两个紧挨着的村子，仅隔一条路，名为"上下沙路"。下沙虽被放在后面，与上沙比，好像还占点上风。上沙热热闹闹更具烟火气，下沙也是几百栋农民房，路更宽一些，整体更洁净一些。城中村里，阳台少光照，晾晒衣服乃大事一桩，政府专门在一些农民房的一楼房檐处搭上铁皮小棚子，挂上铁丝，用于集体晾晒。打量这些衣服，可见两村区别，上沙的衣服挂上，清洁工和外卖小哥的制服比例偏高，下沙晾晒的衣服则花样繁多，占比似乎更倾向于都市白领。这些都是一掠而过的直觉，不知是否准确。将来在此居住，闲来无事，可以高频次地数一数，也算做个统计。

在下沙村行走，经过两个公共活动场所，一曰"下沙社区老干部老人活动中心"，一曰"下沙青年活动中心"，门口都贴着一张纸，上书"服务对象：下沙本村村民"。深圳一向自称包容性强，"来了就是深圳人"，下沙这两张不起眼的字条，或可代表另一种真相：其实很大一部分本地人的心理优势一直存在，他们的包容乃没办法的事，外来人口太多，有人一辈子也接触不到几个本地人。如果我现在走过去问，我在这里住，为什么不能进去活动活动，他们一定有无数的理由。不着急，待到长居上沙时，我有的是时间来闲磨牙。我要柔韧柔韧再柔韧，在深圳扎下根的人，谁没点韧劲。想来他们平时也很少被磨。互相多磨几次，结果也许就不一样了。

我在上沙居住的这一年，无论做什么事，都要配一点音乐，高低起伏，舒缓急骤，有的欢快，有的平静，有的高亢，有的哀婉。晨光初现，上下沙的村民们在"老街坊超市"附近的一个个摊档购买白菜、空心菜、油麦菜时，我开心地看着他们，背景应该是广东音乐《步步高》；在饭馆吃饭，耳边就会响起《天空之城》主题曲；雨疾，漫天遍野回荡着《命运交响曲》；雨歇，邓丽君的《小城故事》悠然飘过来。一万首音乐藏在我心里，对应着一万种随时变换的场景。乐声中，我行走在上下沙的街道上，不用打伞，路人的伞随时会挡在我的头顶，而我，把音乐披在他们的肩头。

三围断片

关于停车。

车子在村中没头没脑转了大半圈，停车场有五六个，但几乎没有停车位。"几乎"两个字，是把那几个明明空着却被板子挡住的车位排除了的。终于在一个貌似官方办事机构的门口停下，熄火后很不自信地左看右看：如果从门内走出一个人撵我，该怎么办？吾知，在某些城市则一定有人过来，厉声呵斥：干吗的？走开！他不是爱这个地方，更不可能是有责任心（嗯，我就这么自信），而是在陌生人面前以主人自居，好不容易逮住一个可以训斥的，岂能错过。做了这件事，他会开心一下午。在深圳，这类情况不多，大家普遍的心态是：能与人方便尽量与人方便。走出几步，忽见墙边长长的车龙中赫然空着一个车位。马上跑回去启动汽车，飞快地塞进来。

三围社区（俗称三围村）中，车位贵如油。路边车挨着车，几无缝隙。不经意瞅了瞅车标，名牌不少。有豪车不算什么本事，有一个属于自己的车位才可笑傲江湖。凑近看车窗，有的玻璃上尚存强力胶贴纸的痕迹，隐约可见"此处严禁停车"几个字，车主已经试着撕过了，但撕不干净，留下一片惨白，仿若哭丧的脸。

一辆又长又壮的大拖挂车，正在一条窄路上一点一点向前挪。停在路边的白色轿车，被前后左右的车辆和行人挤压着，本已踮脚、提气、收腹,忽然又来这么一个大家伙,如果会说话,它一定张嘴求饶。拖挂车也是使命在身,并无退路。眼见红色车厢里的司机上下其手,一番操作猛如虎,挂着的大平板在距离轿车车顶仅有 0.00001 毫米处停下了。两辆车无论谁再动一下,一定擦上。我呆呆看了两分钟,毫无进展。走开后,心里还在琢磨,事物皆有结果,我看不到的,时间空间皆停滞于此,对我对他们,都不啻一个好结果。

关于喧嚣。

三围市场门口停着无数的电动自行车、共享单车、拉货车。无数的人闪转腾挪,从车辆的海洋中翻越过去。他们手里还拎着东西呢,甚至一边低头看手机,一边灵巧地走路。学府路上有一个三围夜市,一个手推车就是一个摊位,都是烤面筋、凉皮、麻辣凤爪之类的小吃,还有麒麟爪!凤爪是鸡爪,麒麟爪是什么古怪?定睛细瞧,原来人家写的是"冰镇麒麟瓜",西瓜的一个品种。夜色渐起时,麒麟瓜的红瓤最先叫喊起来,一个又一个摊位陆续现身。

深圳老城区中,不少这样的城中村,看着不起眼,一个小门,人畜无害地面对着宽阔马路,进去后却皇皇一敞亮世界。该有的都有,热热闹闹。村内的街头小店且不用说,如柳州螺蛳粉、武汉热干面、兰州拉面、客家原味汤粉、隆江猪脚饭、药店、烟酒店等,另有一所幼儿园、一所实验学校,好几个颇大的商业综合体,内设超市、网吧、影院、宾馆等。若不抬头望天,只看两边,会以为自己走在繁华的都市街头。

楼间距有大有小。稍宽阔的两楼之间,地面有黄字提醒:

禁止占用
消防通道

生命的宽度
4 米

巨大的四行字，仿佛两只胳膊把道路撑开。效果明显，两旁确实无车。走过多处城中村，少见这样提醒的方式。希望他处见贤思齐。

街边公告栏里贴着各类房屋招租广告，价格照福田的上沙、下沙和南山的白石洲相比，低了不少。论繁华度和人口密集度，三围并不逊色，但住在这里的人，说话不够大声，只能默默地喧嚣。

其实谁又在乎别人看见或看不见呢？

关于前世今生。

社区的后墙上雕着几幅画，将这个地方过去的生活言简意赅地展现出来。画作无奇。将说明文字照录如下：

> 三围社区位于航城街道南面，东起黄田路，南邻固戍社区、航城大道，西至宝源路，北接机场开发区，现管辖面积约3.4平方公里。三围社区毗邻深圳国际机场，主要居民介于宝安大道与107国道之间，与地铁罗宝线固戍站仅300米，交通便利，地理位置优势明显。2017年，总人口约75000人，其中户籍人口约750户1500人，非户籍人口约24250户73500人。
>
> 由于三围社区近海（珠江口），早期的三围人民以渔为生，并围海筑基养鱼养虾，基围人的名称因此而来，养的虾就叫基围虾。中华人民共和国成立后，基围人洗脚上岸，后瑞村、草围村、塘边村（即后来的三围村）为三围大队，先后归南头、沙井、福永公社管辖，1988年分为三个行政村，分别为后瑞村、草围村、三围村，属西乡公社管辖。2004年，实行城市

化，村改制为社区，隶属西乡街道。2007年7月，挂牌成立三围社区工作站。2016年12月，又从西乡街道划分到航城街道管理。

第二段第一句，从字面意思看，以为基围虾始自三围。基围虾乃深圳西部沿海基围人养殖的著名海鲜品种，非三围独有。它是面上的一个点，而非起点。其实"基围"二字亦非本地独有，多年前，中山、番禺等地的海边也有基围人，经过三百年的繁衍生息，形成独特的生活习性，统称基围文化。

今日之基围虾，与三围等地仅剩挂着名的牵连。海水渐渐走远，即便市场上仍有基围虾销售，也是他地养殖，辗转运来。近年深圳人口开始外流，三围村很难再达最盛时的75000人，但外来人口仍占绝大多数。他们对这里曾经的出海渔猎、缝补渔网等旧日生活只闻其名，难见其实，没有感同身受的悲欢离合。他们当下执掌的与此前截然不同的火热生活，是正在进行时的历史，将来有一天也会被后人偶尔想起，或者装修成木乃伊，或者忘掉。

关于地势。

沿一个台阶走上去，看到一个停车场，汽车是怎么开上去的？一定有另外一条路连通此处，但给人感觉车是凭空掉下来的，整整齐齐地站在一起，笑嘻嘻地看着你，仿佛说，我们在这里的时间比你长。

顺路前行，左肩处出现一个标牌：三围公园。抬望眼，长长的台阶。拾级而上，竟有登临高山之庄严肃穆。其实公园就是一个小山包。公园还打造了一个主题，叫作"自然教育体验径"，一条小路两边设置了数个观鸟台。但闻鸟鸣啾啾，却难见其身，它们应该是被人撵到了更高处。公园顶端平整处耸立着大榕树一棵，洒下浓荫近百平方米。时值周末，大妈们在树下跳集体舞，乐声悠扬；小孩子执拍猛打，白色羽毛球在大妈头上飞来飞去。大榕树乃岭南村庄的灵魂，多则几棵，至少一棵。只要它站稳了，它周围的人群也就有了根。

在三围村忽上忽下的路途上，我平视可见别人的腿，别人仰视可见我的后背。土地一下一下颠簸着所有人，不知不觉间，改变了我和他们的身份。

关于秩序。

用手机拍照时，一个穿制服的老年清洁工一直在旁边看着我，终于忍不住怯生生地问："你是来巡查的吗？"我赶紧安慰他，不是不是，我是拍着玩的。此前也遇到过类似情况。在河边拍照，坐在岸边休息的保安突然跑过来说："我阻拦过那些钓鱼者，他们不听劝。"见我莫名其妙，他才释然，原来你不是来巡查的。

一段时间内，各种巡查非常多，搞得做具体工作的人草木皆兵。这个城市安然运行，秩序绝非天上掉下来的。人类需要自我约束。而这约束过程中，总会有人被剐蹭以致受伤。

关于未来。

一个七八岁的小女孩急匆匆跑来，躲在车后，一只手捂着肚子，一只手捂着嘴，呵呵地笑出了声。一个更小的男孩呼哧带喘地追来，左顾右盼，甚至用询问的眼神看了一下我。我面无表情。再后面，一个白发老太太快步跟上，一手拉住男孩，一手把女孩从车后扯出，朝她后背上狠狠拍了一巴掌，一起向前走去。女孩似乎还沉浸在刚才毫无难度的游戏中，笑得上气不接下气。

村边有一片草坪，未经修剪，给人芦苇荡的感觉，积水在草地上悄悄地摇晃，下面的泥土已被泡透。一个男孩子单腿立在路边的自来水管旁，认真地冲洗手中的鞋底。他踩在了泥水中，如果脏兮兮地回家，估计要挨揍。

城中村的童年有一些共同特点，即他们很少被娇惯，常常在呵斥乃至打骂中长大，生存能力较强。直接的表述是：这里的孩子没那么金贵。最主要原因或为孩子太多，故孩子们自发（或者说自由）成长的机会就多，其心路历程有点类似多年前的农村孩子。谁能想到深圳这样的繁华都市仍被农耕社会映照着。

在广州老城区闲逛时，强烈感受到和深圳完全不同的味道。前者遍布深扎土地的根须，暴烈的风雨可以将其吹断，但血脉还在土里，固有的气息久久不散。而在三围村，土地上同样遍布根系，轻轻一阵风却可以把它们移走，在另外一个地方重新扎进去。剥离之痛，很快就被热热闹闹地抹掉。在一个地方看到被称为文化的东西，起码得三五十年的沉淀。这里仍是进行时。

三围村里的孩子们，在公园的运动器材上上蹿下跳。他们在杂货店门口举着一个冰淇淋，仰起头来舔舐，阳光照得他们眯起眼来。他们敏捷地在车流中闪身，无来由地坐在路边大声喘气。他们和多年前农村的孩子一样，时时处于危险中，又凭着命运的关照无知无觉地躲过。如果父母没有出来，他们在籍贯地长大，当然会是另外一个样子。多年以后，他们记忆中城中村里的烟火和拥挤，高楼间狭窄的缝隙，也会成为被怀念的文化之一种，像现在的三围人怀念百年前的渔船一样。

两者已经截然不同了。

第 一 村

　　走进楼村一条小巷，遇一老者，以四川口音问我，怎么走出去？我有些奇怪。他说，已经转了半天，找不到出口了。我回身一指，说，前边就是啦。他点头称谢，匆匆离开。

　　作为城中村的楼村，老屋与新楼混杂。外圈几乎都是近些年新盖的楼房，无设计，面目单一；无楼距，最大化利用空间。内核多为原先旧屋，却也掺杂着一些楼房。两种生活再难清晰地剥离。

　　小巷两旁，一趟趟低矮的小房，高不过三米，青砖红砖，斑驳如皱纹。几个孩子在路中间做游戏，狭窄的小巷使劲往里面挤他们，连欢叫声都只能向上走。大晴天，这里是扎扎实实的一米阳光。有人呆呆地坐在小巷尽头，一动不动，黑白分明，剪影一般。一个戴着头盔的妇女骑着摩托车迎面开过来，周身镶了一层金边。

　　路边居然见缝插针地停着电动自行车、三轮车、各种品牌的豪车。豪车玻璃上被插了些广告卡片，抽下来细读，车贷、高价回收二手车、小产权房出售，应有尽有，还都配着插图呢。这种地方停车，必须熟悉路况。不小心闯进来，如同跳上粘鼠板的老鼠，难以逃脱。一辆尚未挂牌的新车在夹缝中一点点挪动，几个人站在旁边帮他看路，倒，倒，倒，停，左打舵……司机探出头来，左看右看，满头大汗。

　　老屋的房顶上，大多长着一种奇特的植物，短约十厘米，长则半米。干枯者呈灰白色，根根直立，沿着黑瓦列队一排排，远望颇壮观，似有人精心种植。我在低矮处拽下一根，尚新鲜，见主茎红褐色，四周密密麻麻的叶片更像是小棒，微绿，手感肉乎乎的，轻轻一碰，小棒就掉下来。此物曰"棒叶落地生根"（非常写实的名字），喜光，喜干燥，喜排水良好的砂质壤土，屋顶条件全符合。本地朋友讲，该物伤害房屋，要时常割下，但总也割不完。

　　一些路面干干净净，另一些路面像被炸过一样，乱七八糟，破败不堪。旁边的断垣残壁上，爬满粗细不等的藤类植物，叶片浓绿，在微风中抖啊抖。谁能想到这种地方也是满满的人气。人们或在路上行走，或隐藏在小巷深处。横七竖八晾晒着的制服暴露了他们的职业，有保洁员的橙色制服，保安员的蓝色制服，外卖小哥的蓝色、黄色、绿色制服，义工的红色制服，中介的白色衬衫等等。挂着串串香、老罗臭豆腐招牌的小车，挂着烤鱿鱼、烤面筋招牌的小推车，则是一些人的谋生工具。墙角、门口摆放着扫把、水桶、垃圾桶，街边垒好的灶台显示出繁杂的市井日常。

　　村中的水井还在使用。圆圆的井口上，有一巨型铁盖，上面开小口，正好可容一个小桶上下打水。午后的阳光暖暖地照着。两个大人蹲在那里认真地搓洗衣服。四五个小孩子在井旁打闹，把盆中的水撩向对方。大人厉声呵斥。

　　问，这水干净吗？答，以前的人还不都是用井水。这水多好，天气热的时候，井水是凉的；天凉的时候，井水是热的。

　　向她竖起大拇指说，不错。心想，井水温度没变，变的是你们在凉热天气里的感觉。但把这种幸福感归为井水所赐，当然也对。

　　临街店铺透着一股老气。且不说拔火罐、理发店、电动车修理部，即如小超市、饭馆等，从店面装饰到气韵，都停留在十几二十几年前，店中音箱里播放的，则是《走过咖啡屋》《驼铃》《泉水叮咚响》等老歌。

一处墙面上挂着一张蓝底白字的牌子：《深圳市安全用电十大禁令》，落款为"能源部 1990 年 1 月 31 日发布，深圳市光明供电公司宣"；旁边一白底黑字的《中华人民共和国电力法》摘抄："第十一条　任何单位和个人不得占用变电设施用地、输电线路走廊和电缆通道"；另一面墙上则是《公明镇出租屋消防通告》，内容共七条，严禁乱拉乱接电线，严禁使用电炉、电热丝、煤油炉等等，落款时间为 2001年 8 月 1 日。摸了一下，均为铁牌。二三十年风吹雨打，庄严肃穆、一本正经的样子似仍有效。

一条条街巷中，果树紧靠着墙体，生怕挡了行人走路。没人居住的老屋院墙内，树木要坦然得多。一棵木瓜树上，五六个硕大的青果嘻嘻哈哈地挤在一起，行人举手可得。一棵枇杷树上，珠玉一样圆滚滚的果实已变黄，准备随时掉下来。菠萝蜜直接挂在树干上，只有拳头大，外壳上的硬刺已经提前长全，警惕地四处打量。树下，三只老母鸡在认真啄食，脑袋频繁地上上下下。一个收垃圾的老人坐在旁边拿着保温杯喝水，脚下蹲着一只肥胖的小狗。

我拿着手机拍照，镜头中出现一个端着饭盆的中年男人，精瘦精瘦。他直直地走到我跟前，把我的镜头撑满，一边往嘴里扒拉饭，一边问我拍照干什么。我说要保存下来，万一将来拆掉，就再也找不到这么古香古色的地方了。他用拗口的粤式普通话说，放心吧，一时半会儿拆不掉，一两百亿都拆不下来。这里有这么多古董。

语气坚定，不容置疑。

楼村原住民几乎都陈姓，与上村、下村、西田、圳美、羌下等附近几个村庄的陈氏一脉相承。一种说法：约六百年前，陈氏族人发现此处一片空地，平坦开阔，遂搭建简易草棚养鸭。一风水师路过，到草棚中避雨，陈公以鸭肉款待风水师。风水师感激，言此处乃福地，建议陈公建房以利后人。陈公搬迁后顺风顺水，感慨这么好的风水，以前却被漏掉，干脆取村名为"漏村"，意为漏掉的好村子。陈氏后人认为"漏"字不雅，渐改用同音的"楼"字，称为"楼村"，沿用至今。

古村中至今分量最重者，乃一宽约一米、长过百米的麻石巷。麻石为花岗岩之一种，表面呈麻点状花斑，密度大，质地坚硬，常用作建筑装饰、雕刻雕塑等。两百年前以之铺路，可见其富庶。据称此路为当时村中巨富陈仿禹嫁女时所建。时人已逝，麻石路还在承接一代代行人的脚。细雨中撑一把伞于巷中漫步，雨滴击伞落地，沙沙之声，似出嫁的女子弦歌悠悠。

村中另存牌坊、祠堂若干。有的已翻修，如琬璧公家塾，迄今亦二百多年历史，属典型广府式建筑。几间屋子，不太大，外墙上沿雕刻的飞禽走兽和蝙蝠衔五枚铜钱合成的白色图案，迄今清晰可见。陈琬璧自家私塾一度供全村使用，村里众多子弟于此识字，接受启蒙，久而久之，家塾成为楼村文化象征。后来一场大火将家塾的屋顶和屋内的木质材料烧毁，幸整体砖石结构保存完好。经过美颜般的翻修，又有了新的用途。

旧村北片一个二层小楼，20世纪70年代却是村中最高建筑。一个不起眼的牌子至今保留着，上书"深圳宝安公明供销社楼村门市部"。村中老人称，楼村第一部电话当年就安在这里。谁家有事，跑到这里来打个电话；外地来电找人，门市部的人也赶紧去喊。如今小楼已不堪使用，关门上锁，门前终日停着一排摩托车和电动自行车。

路遇一原住民，看不出年龄。他对我说，这些老屋其实还是有特点的，比如说，房子多大、多小，看它房檐上的瓦即可，大致可分为十一瓦、十三瓦、十五瓦等。你看这几间，中间十五瓦，两边十一瓦。一下就能比较出谁大谁小、差距多少。

老人的话有点惊着我了。他若不讲，真不知还有这么多讲究。一个六百多年的旧村，一年发生一个故事，算下来，也有六百多个典故了。但又能怎么样呢？即如本地村民引以为自豪的麻石巷，比砖铺的、洋灰铺的、石子垫成的，又能让双脚感受到多少差距？琬璧公家塾，比起仍存留在这个城市里众多的祠堂，又有多少突出之处？它们身上的光亮、曾经的惊艳，注定要黯淡下来，直至消失。越来越多的租户和外来者，注定更关心租金的涨跌和房屋的使用功能。他们忽略了老故事，又成为旧村里故事的最新书写者。旧屋不倒下，就会有源源不断的故事填充进来，直至淹没了老故事。而未来的新故事能留存下几个，那又是另外一个故事了。

深圳的古村旧村有多种形式，一是因应水土保护，整体搬迁，只剩一方建筑"木乃伊"，也不拆掉，供游人瞻仰；一是周围成为繁华市区，原住民坐吃红利，日进斗金，全部搬到更好的商业小区居住，村中一代新人换旧人，乌泱乌泱，旧屋的荣光与新人皆无关系。

楼村似介于二者之间。这里还有相当数量的原住民，古屋的所有证上郑重地写着他们的名字。这些破败不堪、不断修修补补的房子虽租不上价钱，一旦拆掉，就是价值连城。他们手捧着随时可以变现的黄金，那种淡定和居高临下，是别人无法想象的。

我们行走于街巷之中时，不断有人打量我们，神情里有好奇，有警觉。甚或询问，你们要干什么？这在脚步匆匆，各自独立的都市里，是罕见现象。擦肩而过时，谁管谁啊。想来，是我们与他们的气质过于不同。我们的穿着，走路的姿势，我们的目光，都迥异于他们。住在这里的人，无论原住民还是租户，身上有共同的气息。他们在路边围成一圈打扑克，他们吸烟、喝茶、聊天，旁边就是一块菜地。分不清谁是租户，谁是原住民。在村外迎面撞见我们这样的人，他们眼皮都不会抬，见怪不怪。但在村子里，有着相对封闭、自我的沿袭，很少被惊扰。这里是他们的生活之地，从不是什么风景。有人大惊小怪把这里当作风景的时候，他们的神经就会跳动，自觉地绷紧身子。

中午，在街边小店点了一份螺蛳粉。菜单上标明，口味有多种，若牛腩、若原味、若鱼丸等等，另有一种"招牌螺蛳粉"，价格最高。问有什么区别，答曰，粉中放置脆皮、牛腩、腊肉等。问，脆皮是什么？店主解释了半天，也没明白，等端上来，才发现就是烧猪肉的皮，香脆。此种配料，他处少见。后来查资料才知道，烧猪是当地人喜庆、祭祖时最重要的一道传统美食。楼村烧猪有自己的制作方法，肉猪的品种、配料、腌制、炉灶、烧烤火候等，颇为独到。清明、重阳时被称为"金猪"。出自广西的螺蛳粉添加脆皮，可谓因地制宜，亦可见村中与村外在渐渐地相互渗透，悄无声息中，还是会改变。只要这改变不太生硬，一切都水到渠成。

巷子里的孩子，大多干干净净、清清爽爽、整整齐齐。他们的欢笑和神情，与长辈、与这个陈旧的氛围并不很搭，却有种出淤泥而不染的独特。要说他们全然天然，什么都没染，也不对。他们其实染了，但不是被这个村子，而是被村外更广阔的世界。他们是那个世界的延伸，是那个世界的触角在点拨这个旧村。

楼村号称深圳第一村——面积最大，人口最多。据说村子里开一次股东大会，得提前准备好长时间，要通知居住在世界各地的股东，订票、订酒店等等。20世纪八九十年代，还以农业生产为主的楼村，种植过漫山遍野的荔枝，并以"中国荔枝第一村"自居（也不知珠三角其他盛产荔枝的村子是否服气）。后来无数的新建厂房掩杀过来，荔枝林被大量推倒，这个名号不了了之，但"深圳第一村"的名号还保留着。

以楼村命名的事物：楼村花园、楼村小学、楼村湿地公园、楼村市场、楼村老少活动中心……在放大着这个地方的"大"。现在改称社区，名字里仍带一个"村"字，逃不掉的宿命。

今日的楼村旧村分为东西南北四个片区，每个片区还有上、下区或一、二、三区。曾有提议将其再次拆分，以便精细化管理，却无下文。吾意，旧村的街巷你中有我，我中有你，紧紧连接在一起，无强行分拆的必要性。走一步看一步或更稳妥。

保留一个深圳"最大"，不在于收纳、集拢和围合，而在于搭建、敞开、交融。外为我所用，我为外所用，这样才能巩固"最大"，扩展"最大"，终极目的则是无声无息中淹没了这个"最"和这个"大"。

皮鞋踩在石板路上，踢踏作响，手抚身边突然伸出来的花叶，颇为惬意。两边的墙头上，时不时蹿过一只花猫。走了半天，转过一条小巷，又是一条小巷。寻不到进入时的路径，忍不住拦住一个人，询问如何走出去。他回身一指，说，前边就是啦。

甲岸三记

两杯糖水。一杯叫作"红豆双皮奶"，冰凉，放在我的面前。一杯叫作"香芋西米露"，常温，放在妻子的面前。

相向而坐，用勺子轻轻搅拌，吃几口聊几句。快吃完的时候，我发现了不同。抬头问从身边经过的老板娘，为什么一个用铁勺，一个用塑料勺？老板娘说，香芋西米露用的是方形的浅盘子，塑料勺短而宽，可以多盛出一些；红豆双皮奶用的是圆形碗，铁勺长而细，可以轻松探底。

哦。

其实还有一点老板没说。红豆双皮奶比香芋西米露凉，铁比塑料寒气重，可以更大限度地保持双皮奶的凉。

至于为什么香芋西米露用方形的浅盘、红豆双皮奶用圆形碗，老板没讲。这么细致的经营者，她的做法一定都有自己的道理。

糖水店遍布深圳。最初，一位朋友请我吃糖水，绿豆海带粥。这两种食材搭配，在我看来颇奇葩。盛在一个小碗里，口感有点甜、有点沙。绿豆很凉，海带很凉。吃一口，一身的劳累和濡湿一下子被压下去了。

名为糖水，绝不止糖水。仅从名字上看，"木瓜提子西米露""椰汁芒果凉粉""杂果凉粉""白果莲子百合""芦荟芒果双皮奶"……凡你能想到的食材，几乎都可拿来做糖水，或炖或煮，干稀结合，遂成一份解渴扛饿的小吃。在街头走累了，可补充水分，也可解一时之饥。

糖水适合没食欲时吃一点，又不能天天吃。偶尔一次，便难舍难分。隔一段时间必须重温一次。

甲岸村里有几家糖水店，最著名的是对门两家。一家名为"董记糖水店"，一家名为"正宗化州糖水店"。

"正宗化州糖水店"空调开得很凉快，店面大一些，其实也不过二十平米。对面的董记，大概十来平米吧。一般要求顾客打包带走，不欢迎在店里坐着吃。

门对门，自然有竞争。"董记"店中贴着红纸，上书"请认准本店铺地址及招牌，宝安区甲岸村 179 栋 3 号铺"，另一张红纸则写"对面开的糖水店不是我们的"。老板娘悄声说，他们做得不太好吃，如果说是我们的，会砸我们的牌子。

"正宗化州糖水店"不示弱，门楣上一个电子屏，滚动播发："本店是甲岸村第一家真正来自化州的糖水店，许多老宝安和本村居民均可见证。真金不怕火炼，正版不怕山寨。"

两家糖水店主打都是芋头糖水。用新鲜的芋头，蒸煮各一个多小时，以传统工艺配置。北方人看来，这不就是煮芋头嘛。深圳人不这么认为。好吃就会有支持者，据说白领青年们特意从南山、福田等处赶来品尝。

我们来吃，一是尝鲜，一是看热闹。两家糖水店的表演式叫阵，已成本地一景。故两家店里都坐满了人，周末傍晚还有排队等候者。两个天天打架的人，造就了话题，吸引了眼球。他们都是胜利者。其他店铺老板看着，不知是否想赶紧找个对手打架。

"饺子李"的小店里写满了幸福。不是比喻，墙上真的写着呢："朋友，我正在幸福的路上。祝你幸福。"

此外还有价格表。当地报纸报道过这家小店，店主裱糊起来，贴在显眼处。曾有顾客将二十万元遗落店中，店主拾金不昧。电视台播出的画面截屏也贴在显眼处。

顾客一边吃一边抬头看墙，不用担心寂寞。

来自东北的李鹏和来自江西的谢金华夫妻两人，永远在包饺子，好像永动机。他们戴着口罩，遮住了半边脸。七八个盛菜馅儿的钢盆，葫芦娃一样排列在案板上，盖着保鲜膜。和好的面放在另一个盆里。他们一边干活一边小声聊天，妻子还时不时笑出声来。笑声在狭小的店铺里流淌开来。

室内仅有两张桌子，全部坐满也不过八个顾客。拼桌是必然的。等位的时候，我们出去转一圈，回来看到还是坐满人。一拨舌头走了，换了另外一拨舌头。

村中的农民房本来就离得近，所谓握手楼。饺子李隐藏在一个更狭窄的小巷子里，一米阳光从天上露下来，不会让行人见到自己的影子，影子都被楼墙遮蔽。

有时候突然来一阵太阳雨，直直地落在行人头上。没处躲，便闪进饺子李。

这里只卖饺子，没有任何多余的菜，除了酱油、醋等调料，连咸菜都没有。不卖酒和饮料，给一小碗饺子汤。原汤化原食。屋内禁烟。不送外卖，可以打包。

就是要把食客摁在这里，老老实实地吃一盘饺子。

我喜欢牛肉馅儿，妻子喜欢猪肉白菜。在这里吃过多次。皮薄，馅儿大，多汁。小份儿的十二个一盘，个个饱满鲜亮。

按报纸上写的，店主的冰箱里从来不存冻饺子，都是现做现卖。每天到市场上挑最新鲜的蔬菜和肉，香菇馅、西葫芦馅、芹菜猪肉馅、羊肉青椒馅。馅儿就是一道菜。

那些来来往往应酬的人，吃过见过，味觉已麻木，坐下来认真品上几个饺子，被饺子拉回到人生之初始，对美重拾好奇与惊讶。瞬间，世界复活了。

老李说多的时候一年可卖 90 万个饺子。我拿出手机计算了一下，90 万除以 360 天，平均每天 2500 个。一个饺子能赚一毛钱（或者两毛钱）纯利润吗？我希望他们多挣一点。90 万个饺子可是一个一个包出来的，外加和面、拌馅、煮熟、销售、收拾碗筷。

他们把平和包进饺子里，把自己的生活态度也包进饺子里。食客轻拍小腹，买单之后都会收到老李的一声"谢谢"。幸福填满了彼此的空间。

最近一次去，店主忧心忡忡地说，生意不好做了，以前每到周末挤得水泄不通，现在人流不旺了。房租高，住户好些都搬走了。好在现在是夏天，冬天生意应该会好些吧。

他的口吻不是很确定，是自我安慰，也是期盼。这么一个小店，跟荒地上奋力生长的野草差不多。要茁壮些，必然先自身用力，但扛不住稍大一点的天灾。

我是个消费者，只能多买几盘饺子帮他。我看着他，不知道自己是在亲历一个兴衰的波峰波谷，抑或只是目睹了一个无常的个案。后者最好。

荣基快餐属甲岸村，但不在村子里。面向着大街，亦人来人往。

有一次住院一周，中午吃饭成问题。妻子按塞进病房的宣传单点了几次盒饭，口感一般，颇像应付病人。护士推荐说，可以试试"荣基"，我们都吃这家的外卖。

试了一次，便有了依赖感。妻子尤其喜欢他们的红烧带鱼。一个简单的菜，让你愿意反复吃，那个菜里一定包含了经营者的心血，而不是随意做出来的。

"荣基快餐"离医院颇有一点距离，辐射这么远，亦可佐证店主的经营能力。

盛夏，高大的异木棉上站着数不胜数的粉红花朵。偶尔一朵，承受不住阳光的重量，掉落下来，在滚烫的柏油路上颠一下，滚到阴凉中。短裙的长发女孩儿挤满了街道。她们有的流进旁边的商业综合体——海雅缤纷城，有的流进荣基快餐店。

店里摆着做好的一碟碟、一碗碗的菜，荤素兼有，牛肉炒蛋、麻婆豆腐、鱼香茄子、冬菜肉片青瓜、豆豉鲮鱼凉瓜饭、榄菜排骨、酸菜大肠……均家常菜，少则三五块，多则八九块，两元钱一份白米饭随便添加，附近的打工者十几元二十几元可以吃饱吃好。店员以中老年妇女居多。开饭店不仅要讲味道、口感，讲营养，还要讲服务，讲品质，讲性价比。饭店能长久做下来，一定在各种需求之间找到了平衡点。

荣基快餐的创办者是两个年轻人——阿荣和阿基，都在工厂打过工。2002年合伙创办快餐店，只为不再给别人打工。他们自己做饭自己送，是今天外卖小哥的雏形。两个人骑着自行车穿行在附近的街道上，接到电话就出发，从上午十点跑到下午两点，一个看车，一个上楼送餐，四十多份外卖，二百多块钱的营业额。

合伙四年，基本没利润，阿荣看不到前景，选择退出。现在老板就是阿基一个人，他带着团队硬挺过来。除了总店，他们在流塘榕树路上开了一家分店。能挣多少钱真不好说。

他们的口碑在坊间越传越好。他们的烧腊饭最有名，金灿灿的一块烧腊，一刀斩下去，啪地扔在案板上，端到桌上，仿佛香港电影里的场面。

甲岸村，本名"隔岸村"，粤语中"隔"读"甲"，以讹传讹，遂成现名。村民均姓黄。传说，祖先从珠江东岸的广东中山迁徙到珠江西岸的新安县，两地隔着珠江入海口相望，取名"隔岸村"。另一说，当年一条河将村子一分为二，村民隔岸相望，故称"隔岸"。

临街处，古香古色的牌坊上写着"隔岸村"三个字。深圳的汽车和高楼淹没了村落。原住民都是靠这一个牌坊来找到自己的家。比如著名的"皇岗村"，名为村，实则市中心，若不见"皇岗村"牌坊，村民必迷失方向。新移民见之，想起多年前这里曾是稻田和石砌小屋，不由肃然起敬。

穷困的时候，甲岸村民常逃往香港，因此香港亲戚特别多，双方往来也多。每年农历九月二十八是传说中的华光寿诞，村民会请粤剧团演出助兴，连唱五天。原住民集体吃大盆菜，定居香港的亲人们也都回来，十分热闹。

村子坐落于特区关内关外的交界处，一度成为交通要道，多年前也曾是藏污纳垢之地，后经不断治理，地面纤尘不染，车辆停放整齐，盆栽的鲜花一个挨着一个。走在城中村，不用去注意花草，但心思已经受了鲜花的感染。市场自然筛选，村里村外遍布饭馆饭店、精致美食，一个晚上可以吃遍全国。这些美食是附近居民的日常。

即使是很旧的楼房，你也看不到斑驳。在这里感受到的是鲜活的，向上的，怀揣着希望的东西。整个城市都弥漫着这样一股气息。你可以用"积极"这样的词汇来表述之。但从长远看，也可能是盲目乐观，甚至短视。

再一想，哪有一劳永逸的情绪。所有事物必然从一个低潮走向一个高潮，从高潮也要走入低潮。波波折折。

多年之后，我再回来，若能见到竞争的、幸福的、白手起家的人们还在，一定进去敬他们一杯酒。

最后的他们

　　一只耗子趴在电线上。我刚看到它，它就耸起身子，尾巴翘得老高，仿佛我的眼神有能量，惊动了它。它爬到美的空调后面，稍作休息便蹿到了距其约半米高的窗台上。楼体虽不光滑，但也不坑坑洼洼，它脚上像壁虎一样长了吸盘吗？如果再高一点，它是否能进去？我头一回见到这么敏捷的耗子。窗户半掩着，它轻车熟路地进了那户人家，隔着窗玻璃依稀看到它东闻闻西嗅嗅探头探脑的样子。若主人正睡觉，惺忪间见这么个大家伙，会吓一跳吧。

　　此地即将拆迁，周围都是面目相似的农民房，墙上挂了很多红色的巨大布条，上书："城市更新是机遇，村民齐心顾大局""共同参与旧改，改善品质生活，造福子孙后代""旧村改造大势所趋，认清形势尽快签约""XX区城市更新即将启动，请租户勿盲目续租/转租，避免损失"……

　　面向大马路的店铺还在顽强地开门营业，潮汕牛肉火锅、永和自选快餐、海王健康药房、喜得乐生活超市、沙县小吃、梅州腌面店……都是左邻右舍日常之消费，只要人还没走完，它们就有生意做。一道砖墙将社区和外面的世界隔开，墙上一道铁丝网，由三条带刺的铁丝组成，做出一副拒人的姿态，看上去又不那么坚决，甚至敷衍。

　　小区内，一条条窄小的街路上，店面的招牌更为随意，青菜摊和快递收发站干脆连个牌子都不挂，天天敞着门，一看就知道是干嘛的。

单看那些楼，都不高，五六层、两三层（太高就没拆除价值了），墙皮脱落，如疮似疤。长时间盯着看，心里好像也生出疤。阳台貌似是住户硬搭出来的，在外墙上斜插几根铁条，上面平铺一块铁板，即为一阳台。空间拓展了，上面可以放些杂物和花盆，但不能像正经的阳台那样改造成厨房或休闲空间。铁条已经生锈，上面还挂着雨后的水珠，亮晶晶，久久不肯掉下去。阳台下面的铁质水管也已经生锈，塑料下水管已经生锈，小小的瓦罐花盆已生锈，楼体上的瓷砖已生锈，到处都是锈迹斑斑。楼和楼的缝隙中间，二楼的边缘地带都长满灌木。南方充沛的雨水怂恿了它们，让扎根就扎根，紧贴着墙皮，枝繁叶茂，和外面公园里的树木一样绿，一样浓。绿归绿，也不怎么干净，或许是被锈迹传染了。

头顶奔跑着电线，墙面上趴着电线，你搭在我身上，我绕在你脖子上。它们自认为条理清晰，外人看上去却是一团缠绕不清的乱麻。靠墙边站着的无数电动自行车和摩托车粘连在一起，车把交错，车轮交错，远远望去，好大一坨，分不清彼此，想把其中一辆摘出来，必须先把它旁边的车一个个重新摆正。

垃圾箱在思考。空气中弥漫着一股淡淡的气味，非油腻，非下水道味，非火烧物品味，我只知道不是什么味，而无法确认它是什么味，给它一个精准的概括。

这个城市最底层的事物都聚集于此。近些年，深圳的城中村环境已普遍改善，平整道路，铺设水电煤气管线，美化外墙立面，乃至衣服的晾晒和单车的停放都有明确规定，居住体验大大向好。很多年轻人特意租住在这样的城中村，便宜当然是一个理由，另一个理由是找到了一个近距离接触同龄人的机会。而这个即将拆掉的小区，或许知道自己来日无多，不再搂（平声）着了，一天天委顿下来，姿态懈怠，处处露出破败之相，仿佛时光展览馆，把来客拉回到十几年前。

但它并不突兀。它小，它矮，它弱，它嗓音低微。它被巨大的阴影笼罩。不远处，四座高楼，土黄色，长方形，将天空撑高，白云就在上面飘呀飘。另一边，一个巍峨的圆柱形白色高楼，像棍子一样插在街道的端头。它们碾压过来的嘎吱嘎吱声飘荡在天地间。

标语中所说的"村民"乃原住民，他们一点都不讨厌嘎吱嘎吱声，那是他们期待中的未来。每招一次手，他们的心里就痒一下。有那些眷恋乡土，声称要与老屋共存的吗？也许有。但所谓情怀，在这里显得遥远和卑微，只能当掩体用。大多数人盼着拆迁。那个令人心动的过程中少不了谈判，博弈，唇枪舌剑，但总有柳暗花明的一刻。签完字，这边厢兄弟姐妹偷着乐，那边厢开发公司举杯相庆。双赢。

有一个城中村，蜗居着一个画家部落，这些画家在原本乱七八糟的楼体上花了些心思，用各种创意涂鸦将其打扮得花枝招展，漫步小巷，颇有耳目一新之感。不少人大老远跑来参观。当地文旅部门将其列为文化景点，每逢节假日就广而告之，提醒市民到此一游。当地村民不高兴了，有意无意地阻挠。他们不在乎游人消费的那点小钱。他们的想法是，此地一旦被官方保护起来，就不好拆迁了。另有一现实问题，20 世纪 80 年代至 21 世纪初，建筑市场并不规范，一些楼房看起来漂亮，其实是海沙房，即建设时没有使用标准的沙子，而是大量掺杂便宜的海沙，海沙中超标的氯离子严重腐蚀钢筋，不过三四十年，部分建筑出现楼板开裂、墙体裂缝等问题，也到了非拆不行的地步。

即便如此，拆迁仍非一朝一夕之事。一个不太大的小区内，两个地方挂着"城市更新办公室"的牌子。拙荆供职于街道办，曾借调到一个与拆迁有关的部门。她说，一些临时借调来的人以为干个三两年就完事，结果直到退休再也没回去。辛辛苦苦搜集的各种材料从一个人手里传承到另一个人手里，再到第三人手上，不知最后在谁手中彻底办结。房主散居世界各地，找一个人需要绕很多弯儿。有的老人只会讲粤语，需找本地人翻译。更有的，本来已卖掉，听说拆迁有巨额赔偿，不认前账，跑回来跟现业主闹，跟拆迁办公室的人闹。每天来一次，跟上班一样准时。

路人大多穿着拖鞋、短衫，彼此保持着一个合适的距离。几条交叉的街道上都不拥挤，又都显得熙熙攘攘。老头牵着一个小孩正走着，小孩突然挣开他的手，趔趔趄趄地向前跑。穿着蓝色制服的保安一边很大声地打着电话，一边弹着烟灰，差点踩到小孩。快递小哥刷地从保安员身边绕过去，肩膀和肩膀几乎贴上。楼梯搭在墙外，一个男人拎着一个桶顺着楼梯往上走，如一幅剪影。他的斜上方，二楼有个男人在摆弄什么东西，光着膀子，身上的汗水被阳光照得发亮。卖菜妇女正和买菜的妇女叽里呱啦聊天，非粤语，或为湖南、湖北一带的方言。隔着落地玻璃门，可见裁缝店内坐着一个人，呆呆地望着店主，店主手脚并用地低头忙碌。

路边的人有的蹲在石凳上，有的靠在墙边，有的则斜躺在椅子上，都盯着手机看，对经过的人熟视无睹。

居然还有"便民服务一条街"，招牌下面备注"修补雨伞，修补衣物，修补鞋类，修自行车"，真有一个补鞋匠，手里举着一只鞋，对着阳光在研究。旁边也真放着两把破伞……

此时此刻，如果有一个人大喊一声"停"，全部人等静止下来，不啻一幅生动的"拆迁社区上河图"。

空地上见缝插针地停着各种各样的车子。三轮车，上书"西安凉皮""面筋王""老罗臭豆腐"等，一辆小车就是一个生意，一家的收入；手推车，敞开式车厢里装满捡来的纸壳子、塑料瓶和易拉罐、带着钉子的木板；两台共享单车，入口处明明写着"共享单车不得入内"，也不知道它们怎么跑进来的；带斗篷的电动自行车，此为深圳特色，即普通电动自行车上加一个盖，平日遮阳，雨天避雨。蓝色，有点像"蝙蝠侠"的披风。主人多用来拉客，偶有自用。多年前此物初现，我所在的报社记者以之为奇，写了一篇报道，语带调侃，称其为"蝙蝠侠"。总编生气地说，他们算什么侠，都是违法乱纪的人。这四个字可能有点大，但官方确实是反对私自加装。在路上走着，突然飞过去的电动自行车，尖锐的斗篷边缘很容易刮到行人的肩膀甚至眼角，想想还是有点可怕。

一条条绳子上整齐地晾晒着各色衣服，制服占比高，尤以清洁工的制服为最。居住者的工作性质可见一斑。

小区里居然还有几个工厂，如宏利泰数码科技园、友友塑胶厂等，不断有人进进出出。从招牌的字体和颜色上看，也有些年头了。

墙面上随处可见这样的通告：

XX 区旧村各住户：

为深刻汲取长沙市自建房倒塌的重大安全事故的惨痛教训，加强房屋安全管理，确保人民生命财产安全，经研究决定，从 XX 年 XX 月 XX 日起，XX 区旧村进行围合式管理，人员及车辆进出围合区域须持 XX 社区与深圳 XX 房产公司联合签发的"通行证"。

请各住户在 XX 年 XX 月 XX 日前，前往 XX 街道片区城市更新现场指挥部办公室办理"通行证"；对于非法占用/违规居住/滞留人员等，指挥部将拒绝办理通行证。不便之处敬请谅解。

下面是办理地点和联系人电话。

这个具有人文关怀的通知，似乎也有点变相撵人的意思。事实上，已没多少原住民住在这里，他们早搬到了更好的地方。房子都租给了所谓的外来人口。这些房子拆掉，原住民赢，开发商赢，租户输了吗？也不好说。

整个社区的建筑和环境都放飞了自我，东倒西歪。里面的人却若无其事地生活着，展示出原始的野性和勃勃生机，起码表面上看不到那种叫作"愁苦"的东西。世间并无天塌的大事，愁苦是生活的一面，"懵懂"也是一面。他们沉溺于眼前的忙忙碌碌，根本顾不上什么"愁苦"，前脚跟踩着前面的后脚跟，互相碰碰触角，继续赶路。这种无所谓，让它们从那种想象的程式化大情绪中跳了出来。

整洁的城市因他们而忽然一亮。

此处不能住，自有其他地方住，偌大一个城市，还愁无法安放被褥和行李箱？夜宵吃完有早茶，此处明天的太阳如果不出来，他们还可以打道回故乡。这些年虽然大量人口流入深圳，但也有大量人口在流出。某个街道，人口常年稳定在80多万，如今还剩65万。没有户口的人太多（有的社区户籍人口才一千多，常住人口达到五六万），他们说来就来，说走就走，并无心理负担。这里既是他们的家，也不是他们的家。他们成为这个城市的流水，能否凝固于此，还看水泥的粘连程度。

我在这几条街道上闲逛，感到严重的气质不合，拿出手机拍照，会引起警惕乃至敌意。经验告诉他们，拍照代表着官方，代表着各种取证，隐隐和他们利益对立。他们的自由自在是自我的、封闭的，不会同化别人，更不会表演一样带给外人感动或感慨。他们也是敏感的，那种敏感不是文艺的，而是自卫式的。某种意义上，这里不仅仅是几个闹闹哄哄的交易场所、几个店面、几个租房户，而是一个自成体系的小社会，一种自洽的生活方式。将其拆掉，其实相当于拆掉了一个小社会。

但这种小社会一定值得保留吗？谁也不知道。当事人都不知道。甚至不关心。

蚂蚁的窝被水冲毁之后，这个长长的、耗费了它们大量心血的神秘洞穴就彻底废弃了。它们远赴他乡，换个地方从头再来。人类当然也有过这样的选择，但他们多数时候更像树木和青草。一个地方原来荒芜一片，只要一棵树、几棵草种下，在此地萌发长大又枯黄，便会形成生长惯性，种子会在原来生长的地方重新发芽，一代代繁衍下去。

同一个地方，草房变土坯房，土坯房变瓦房、石头房，再变砖房、水泥房，再变高楼，新楼房又逐年变旧。人们一代代在里面生活，绵延不绝。某个晚上，挖掘机悄悄开过来，这些曾经新鲜的高楼大厦轰然倒塌。彼时，里面的人去哪里住？

小区旁边有一条小河，两岸的扶桑、凤凰木、火焰木、小叶榕，纷纷探头往河里看。河水曾经哗哗流淌，后来发黑发臭，黏稠的水上漂着塑料袋和辨不清面目的垃圾。后来又变清，潺潺流水，清澈见底，偶尔有几条罗非鱼傻里傻气地摆尾向前，将水搅浑。两岸的树木往河里看了多年，终于看明白了，却极少有机会与谁分享。偶尔一两只白鹭呼扇着翅膀飞到树上，晃晃悠悠地听树木讲话。它们说的那些，白鹭承受不起，听几句就展翅飞走了。过两天好奇心起，又飞过来听。

灶　下

　　我经常从那里走过，灶下村。我曾在楼群的缝隙里见到倏忽的夕阳，灶下村。我曾吃过小店里的肉夹馍，灶下村。听说它终于要变模样了（综合整治），灶下村。

　　且喜且失落。喜的是，变一点，好一点；憾的是，也许会成为我的陌生之地。故，该写点东西，以文字描摹之。也就这几年时间，我写过的地方陆续变身，间或消失。笔下所记，不为史料看，只为自己留个念想。

　　在网上搜了一下灶下村，多为投诉。

　　其一：

　　　　曝光一个坑人的出租房，以免后面的朋友上当，我在深圳宝安区新安街道灶下村租了一个房间，当时是白天，并没有感觉太吵，所以就签了合同，结果发现一楼巷子内侧竟然有一家烧烤店，晚上一两点钟都跟菜市场一样，关着窗户也是一样吵……

　　其二：

宝安区宝民一路灶下村 XX 楼的所谓"公寓"千万别租。
1. 治安隐患非常大！防盗网是一层楼相通的，没有任何隔断，只放了空调外机，完全可以过人，并且厨房和卫生间（也就是防盗网那里）的窗，是没有锁的。2. 我原本在这个"公寓"预订的房间更夸张，防盗网只有半截，而且"握手楼"跟对面房子的天台就一步之遥，因为这个原因我不愿意入住（我一个刚毕业的女孩子自己住，怎么敢！），管理员就要求我住其他的房间，否则就不退我定金。3. 房租一个月 1500 元，不包括管理费和网费，说是拎包入住，其实只有空调、热水器和床、衣柜、桌子，别说什么洗衣机、冰箱了，连凳子都没有！

……

更多是招租：

60 平米 | 2 室 1 厅 | 精装修 | 1/6 层 | 灶下村一坊 | 3300元/月

18 平米 | 1 室 | 精装修，押一付一，家私家电齐全，采光通风好 | 3/7 层灶下村一坊 | 1300 元/月

12 平米 | 1 室 | 简单装修 | 1/7 层灶下村一坊 | 1100 元/月

……

这些内容是里子，多大的面积、租价多少钱、能否接受，都关系着当事人的钱包。他们一一权衡过，做出过抉择。而我仅为路人，看到的是面子，表象的东西。此处无我一张床、一个茶杯。表与里却是一体两面，我的走马观花亦为一种切入。这里的一切又都属于我。我的灶下村，是一个铁打的灶下。

千万别被这个"村"字误导。在深圳,叫"村"的地方,均徒有其名,没有耕地,没有牛马驴骡,没有农机,连农民都没有。深圳是全国唯一无农业户籍的城市。走进一个个立着高大牌坊的"村子"里,一座座楼房,一条条街道,一个个店铺,摩肩接踵、若有其事的行人,整个就是城市的样子。若把那些牌坊拆掉,"村子"和外部是非常完整的一体。

灶下村亦然。该村位于深圳市宝安区新安街道,原为上合村的一部分,村民都姓黄。嘉庆版《新安县志》中,称其为北灶村。据《新安街道志》"行政村、社区概括"章节:"(上合管理区)1986 年 11 月,改为上合村民委员会,辖上合、甲岸、布心、灶下 4 个自然村。"后几经辗转,灶下村成为宝民社区的重要组成部分。宝民社区有壮、回、苗、蒙古、维吾尔等 27 个民族,常住人口三万多,其中深圳户籍五千多。

或是为了显得文雅,20 世纪八九十年代,"灶下村"写成了"造厦村",中间可能还叫过其他名字,后不知道为什么又慢慢改回了"灶下村"。现在村中的标牌上,两个写法常常同时出现。深圳有座山,名羊台山,原本写作阳台山。据说 20 世纪五六十年代,全民扫盲,村民写不出繁体的"阳",便据音写作"羊"。时间一长,竟约定俗成。初到深圳时,见到这个名字曾犹疑过,心想,若叫"阳台"岂不更好?却原来真是"阳台"。如今,行政部门经过征求市民意见,已经把写了五六十年的"羊"改回了"阳"。

"灶下"之于"造厦",也是一种回归吧。

这里原住民占比太小,凝聚力不强,连个牌坊都没有。由一个不起眼的门进"村",并非想象中的闹闹哄哄、脏乱差,反倒安静和整洁。别被网上的投诉吓住。这里既没有污水横流、泼妇骂街,亦无衣衫褴褛。店铺名称和内容都尽量往小资上靠,如"木偶的杂货铺""沙拉店"

"奶茶店"，装饰以简单的黑白线条，各自举着一颗向上、向美的心。走路的人不慌不忙，时有长发的白裙少女飘然而过。

一个穿着制服的年轻保安正伸着懒腰打哈欠，两只手于头顶长时间交叉在一起，仿佛他举起了一座楼，一松手，楼便倒下去。楼栋均安了防盗门，其中一个门口放着一双拖鞋，拖鞋旁是一件衬衣。一个中年妇女从里边出来，换下鞋，把拖鞋在衬衣上蹭了蹭。门口上方一个粉红的木杆上，挂着两件女性衬衣。

灶下村分成三块：一坊、二坊、三坊。一栋一栋密集的农民房，大部分是六层。似无电梯。主街约 300 米，从这头一眼可望至那头。路边停一辆车，另一辆车就得小心翼翼蹭过去。

楼下临街的房子几乎都成了店铺，有广告公司、私人衣服定制、糖水店、早茶店、凉皮店、烤肉拌饭、美容美发店、杂货铺、各种名目的地产公司，甚至还有好几个规模不小的超市。广式肠粉店门口，一个秃顶男人正低头认真地吃面前那一碟粉，筷子频繁地在嘴和碟子之间游走。一只白色的狗，摇着尾巴，在他身边跑来跑去。

这个貌似封闭的城中村，其实是可以自给自足的。

沿路走过去，画面无声，街道却悄悄喧嚣起来。

城中村标配：沙县小吃、东北饺子馆、古树。

我吃过一回沙县小吃的飘香拌面，自此对其刮目相看。从深圳到广州到东莞、佛山到海南，味道几乎差不多。跟肯德基不同，他们是一店一老板，各自为政，即使经过统一培训，能做到如此标准，亦极难得。趿拉着拖鞋的年轻老板，店门口乱跑的小孩子，像是一个模子扣出来的。该店有荤有素，各类小吃可当零食，可做主食。无论南方人还是北方人，在此皆有可口的选择。

沙县小吃在城中村里的地位最稳固。

东北饺子馆。我在东北生活十数年，并不认为东北人多么爱吃饺子，他们对大米、黏豆包和冷面的热情一点不小于饺子，更不要提烧烤了。饺子馆是个概括，主顾应包括所有北方人。之所以不叫山东饺子、河北饺子，或因东北辨识度高，易贴标签。河南人、山西人也爱饺子，但他们有更厉害的烩面和刀削面。再是，深圳的东北人确实多，以乡情招揽，生意好做。

粤人似有古树崇拜，起始于农耕社会，延续于城中村里。土著们常常给古树上系一红布条，逢年过节到树下烧香祭拜。灶下村的弹丸之地上，残存着几棵古树。最大的这棵，乃小叶榕，仿佛是两棵。一伸向左，一伸向右，其实根仍连在一起。遒劲的枝干，棕红色透着苍白，几个人才能合抱过来。该树枝叶繁茂，半条街上都是过滤后已然凉爽下来的阳光。古树旁边粘连着一个不大的洋灰棚子（应是用来存放垃圾），一条约两米长的铁梯通到棚顶。梯子锈迹斑斑，甚至已经穿孔，漏出一个个小眼儿，似乎踏上去就会掉下来。但一定有人经常上去，因为棚顶的枝干上挂着一个铁圈式晾衣架，几个塑料手套、几条毛巾湿漉漉地随风摇摆。

树下一个黑色的石碑，上面写着："国家三级古树，榕树，树龄约245年，深圳市人民政府2014年10月。"如此推算，该树约植于1769年，即清朝乾隆年间。见识了那么多人间悲欢，它的心差不多麻木了吧？

不远处的一棵，站立得直一些。周围已经用铁栏杆圈起来，平时并不对外开放。枝叶贴着周围的建筑物，仿佛抵在墙上的牛犄角，伸展不得。树下搭起一个很小的庙，常年摆放着水果等贡品，偶有香火燃起。据说此树最灵，信众颇多。神仙们享用了这些东西，就会保佑这里的每个人。他们不是白吃白拿的神。

与这两棵树垂直的街道的尽头，有另一棵榕树，比分叉的那棵年轻五岁，石碑上写着："树龄约 240 年。"树旁一座绿色的小楼，和树之间搭着一个简陋的铁皮棚子，棚内有小生意，名"榕树水果店"。水果店品种繁多，花花绿绿地摆在一起，赏心悦目。两个人站在树下聊天，老板是个中年男人，偶尔也插嘴说一句。午后轻风掠起点点凉意，几个人竟在这巨大的都市里搭建了一个世外桃源般的乡村剪影。

某种意义上，这种所谓的违章建筑，一夜就可以拆掉，消费者还可以到其他地方去买水果，并不影响什么。

店主见我拍照，赶紧跑过来说，领导，我们这个店开了二十多年，一家人都指着这个店铺生活呢。让怎么改我们就怎么改，不要拆掉就好。旁边又过来一个老太太，应该是店主的母亲，说，我八十岁了，还有两个孙子。我们支持整改，但请考虑考虑我们的实际情况。

城中村整治的脚步声越来越近，已先后有几拨调查人员到来。住在这里的人，有喜有忧。总体上来说，提升居住环境乃人人受益之事。但过程中，剐蹭越少越好。比如这个树下的水果店，若翻修之，美化之，使其成为城市的新传说，未尝不是利大于弊。

而我无法回答他们，心里一酸，赶紧离开了。

村中若无古树，仿佛人没有了灵魂。愿榕树永在，水果店也在。

岂止地域之融，还有阶层的融合呢。傍晚时分，路边会摆一张小桌，几个以搬家和收废品为业的人在那里斗地主。他们的河南口音很重，表情兴奋，"啪"牌一落下，一片惊呼。周围的看客，有他们的老乡，有房产中介，有南山科技园刚下班回来的"IT 民工"和"金融民工"。什么白领蓝领，全无差别地笑，或者一起大声叹息——"哎"！

偶尔有电动自行车的笛声响起，不如汽车鸣笛那么刺耳。据说这里有两千多辆电动自行车。平时也应该是在城区跑来跑去，若一声令下，全部回来，整个社区不过 0.37 平方公里，哪里装得下。它们的使用率非常之高。外卖小哥、清洁工、小生意人，已有汽车的上班族，人手一辆。短途出行，终究是电动车方便，也易停车。

城中村的楼房，产权属于个人。世代繁衍于此的农民或渔民，在自家宅基地上起一座楼，收租过活，旱涝保收。有一些楼，会起一个单独的名字，如"雅庭居"之类。颜色多选灰与土黄，似乎要凸显自己名不正言不顺的身份。其实他们是社会富裕、秩序稳定的既得利益者。外来人口越多，他们越高兴，说话做事也越有底气。

这些建筑称为握手楼，一个挨着一个，仿佛两只手握在一起。也有的把握手楼解释为，这栋楼上的人，伸出手可以握到另一栋楼的人，总之，就是距离短。阳光当然是必需品，"采光通风好"，租房时是重要卖点，但在如此逼仄之地，又成了奢侈品，并非人人都享用得起。住户在省钱和阳光之间做选择题，有时要被迫放弃后者。在灶下村最窄的两座楼之间，不要说"一米阳光"，半米都渗不下来。而相对着的两墙，居然有窗户。我仔细看了一下，确实是窗户。完全打开，会直接撞到对面的墙上。住在里面的人，透过窗户只能看到几块瓷砖。或许开窗只为换换室内的空气吧。

密密麻麻的排水管、电线、网线、燃气管，像一条条蛇，紧贴在墙面上。

一些房主懒得操心，把整座楼租给二房东。二房东把楼体外表刷一刷，里边放一张床，起一个时尚点的名字，便成了"拎包入住"的公寓。灶下村最大优势是临近地铁口。灵芝地铁站距此仅四五百米。福田、南山写字楼里的小白领们，工作地和居住地可以无缝对接。比起市中心动辄七八千的房租，这里已经很便宜了。他们寻寻觅觅，舍近求远，犹犹豫豫地和灶下村结合。有一天收入提高，或者成家买了房子，就会搬走。这里更像一个过渡带，是年龄的过渡带、收入的过渡带、生活品质的过渡带，也是心理沉淀的过渡带。有人也可能会在这里住一辈子，他同样要经过上面的若干环节。

这便是城市的湿地。

居住条件局促若此，为什么还有人住，且居然是满员？只能说，人太多了。有人源源不断地涌来，这个城市一定有其独特之处。飞机、高铁和城际铁路把一个个远方连接在一起，大家更方便用脚投票了。对于那些投诉，如货不对板，如嘈杂，有同感的人一定很多，而对此完全无感，甚至觉得是天方夜谭的人也有很多。人越多，分化就更严重。一条条小路带着他们去各自的天边。此人之蜜糖，他人之砒霜。此处之晕头转向，他者之云淡风轻。

但有这样的湿地在，初入社会者、收入较低的打工者，方有安身之所，才可以在自己的"家"里埋锅造饭，躺在窄小的床上做梦。如果强力拆迁，街道整齐宽敞了，本地居民的钱袋子陡然厚重了，但风尘仆仆赶来的人们去哪里住？人才，并非只有高学历。只要做合法的事，挣合法的钱，都是人才。他们创造的财富，是金字塔的基石，那一座座高楼大厦和高楼大厦里的自由以及花枝乱颤的公园才有了支撑。

在灶下村行走，眼见一只大老鼠从墙头跑过，尾巴高高挑起，似乎还回头跟我对了一下眼神，目光中并无凶狠，而是呆萌。说起来有点恐怖和肮脏，行走其间，生活其间，却觉得自然。那里如果不爬过一只大老鼠，又该爬过什么呢。这种东西就像蟑螂、蚊子一样，消灭不净的。你天天用拖把拖地，喷消毒水，蟑螂总会不请自来。整个世界都是它们的。它可以跑来跑去，你的房子跑不了。在深圳的人行道上行走，绿化带中忽然窜出一只老鼠，吓你一跳，是常事。它们是诗意边上的一片阴影，清水里扔进的一块土，陡然燃起的一片烟火气。

　　村内的小卖店中，茉莉清茶三元一瓶，只相隔了几百米，村外就多一块钱。再远的地方，更贵。村中有一条街，名"菜市"，很多小本生意，出现在一早一晚的路边。粽子，热乎乎的。椰丝糯米糍，也是现做的。一个老妇面前摆着几个笸箩，内装几种青菜。另一个老太，卖咸鸭蛋、鸡蛋和鹌鹑蛋。还有卖玉米的，外皮扒开，露出密密麻麻的玉米粒，绒毛散发着潮气。我偷偷算了一下，他们面前的东西都卖掉，大概也就是一两百块钱，刨除成本，剩不了多少。

　　街上并无烟熏火燎。也许是有相关约束手段吧。管理者总有自己的方式，避开大呼小叫或者针锋相对。

　　像"榕树水果店"这样的门面还有好几个。有一家"三兄弟理发馆"，理发师和服务员真的是三兄弟，都姓黄，但不是灶下村的"黄"。"我们是广东人，理发馆已经开了快二十年。"单剪15元的生意，维持这么长时间，并且可以养家，背后的故事搜罗搜罗至少一筐。

　　你在灶下村仅有的几条街上走来走去，每走一遍，就会发现，刚才忽略的某个店铺猛然跳出来，仿佛才开张，仿佛你走的是一条从没有走过的路。而那个店铺门面陈旧，桌椅斑驳，岁数比你大多了。你刚才没有见过的人也闪出来。新的一座一座的楼房也跳出来……村子像一个魔方，每掰一下，就变换一种呈现方式。

　　总是那么多的人，那么旺的人气。

　　人气是一种非常神秘的东西，绝非人为搭建。在内地生活的那些年，耳闻目睹了数起更新改造。一个自发形成的火爆市场，地方官或许是要干出所谓的政绩，或是觉得不够高大上，于是大兴土木，或者干脆搬到另外一个地方，还用这同样一个名字，人气却彻底消亡了。消亡了，就再也找不回来。

　　犹记得当年回大学母校，校园里的道路已非原来的道路，宿舍已非原来的宿舍，顿觉怅然若失。唯校门以及门楣上"东北师范大学"几个字还没变化，其实换个大门不费吹灰之力。我们都跟当年的辅导员说，千万为我们守住这个校门。如果学校要拆校门，一定通知我们，大家一起来反对。这是最后的牵挂了。

所谓人气，不亦如此乎？这儿的每一块砖头，每一片叶子，街道上的一个坑，每一个住户和路人，甚至他们呼吸的每一口气体，都经过了反反复复的打磨，严丝对缝，勾连咬合，牵一发动全身。绝无哪个重要哪个不重要。这种"气"貌似强大，实则脆弱，尤需敬畏之，呵护之。

所以，当看到一份灶下村的综合整治方案时，心内释然了。里面有座谈会的意见整理，调查问卷的数据，从交通到水电到休闲配套到消防安全到海绵城市建设的想法，清清楚楚，细腻而有条理。方案中并无大拆大建，只有精致的小修小补（亦没提到那个水果店，祈祷整修后它可以保留下来）。如，地方狭窄，不可能大面积种下绿色植物，就设置立体植物墙，在垃圾中转站和部分楼体上栽培植物，增添钢索悬挂绿植，也是满眼绿色；像其他村子一样，门口建一个牌坊，提高辨识度，让这里居住的人增添些微的归属感；在二十个转角处设置不同的主题和颜色，保留住社区故事；改造菜市中店铺的招牌，使之更赏心悦目；设置专门的电动自行车停放点，管线入地……

这些年，眼看着一个个城中村由嘈杂走向静谧，由污水遍地走向干净清新，对灶下村自然也抱着同样的期待。变化已成必然。变成什么样，一个人一个期待，指向多维。"越来越好"，真喜欢这四个字。我期盼村子的变化能让住在这里的人眼神更平和，步子更轻快，脸上的笑容更灿烂，而不是无所适从。那些离开的人，再回来时发出一声感叹，"啊"。万千语言，尽在这一个字里。

灶下村的对面，是宝安电子数码城。几百米外，是庞然大物般的住宅和综合体。它们的阴影又高又黑，仿佛强悍的侵略者，脚步扎实，势不可挡，让人憋闷。走到跟前，忽然停住了。灶下村如同个子矮小的金刚，抬头和大个子对峙着。它闪闪发光，从里到外散发出坚不可摧的神秘力量。这股力量源源不断，乃是居住在这里的人气集合而成的。大个子笑了，说："小样儿。"

　　它定在那里，再不往前走一步。

三进迳口

到迳口，肯定不止三次。所谓一而再，再而三，第一次，再一次，之后的所有次数，都合并为三。

第一次，跟着一个团队毫无征兆地踏入位于深圳市光明区的迳口村（官方统称为社区，大家还是约定俗成地呼之为"村"），便被其丰富性镇住了。

村口处是一条美食街，正面墙体上贴着各个饭店的标牌，上书"公明腊肠""光明乳鸽""旧街濑粉""围村盆菜"等，大大小小，错落有致，标牌的底色以黑棕红绿为主，显得古旧庄重，凑在一起又不失热闹。

路两旁的墙体均刷成白色，干净利索。墙角摆着一盆盆高大的簕杜鹃，叶片在阳光下坚硬地粉着、红着。不似其他植物的叶片，多晒一会儿就蔫头耷耳，它是越晒越精神，似乎有个精灵从里面跑出来，站在叶片上跳舞。

村子正中央是黄氏大宗祠，据称始建于南宋末年，距今已八百多年。黄氏乃村中望族，祠堂中有三块牌匾，一个为"御前侍卫府"，另两个为"旨赏戴蓝翎"，据说该偏远村庄在清朝时出过两名文官和一名武官。打开门，一群穿着花花绿绿的年轻人搬出一面巨鼓，敲得山响，两片耳朵不由自主地跟着震颤，心脏不好的需提前防备。两个年轻人作麒麟舞，蹦蹦跳跃极灵活。外地人常将麒麟舞与舞狮混为一谈，本地人不屑，但对个中区别，又不能讲得很明白。

附近一口古井，至今仍在使用。村民亦引以为傲。

村中有公园两个。被团队催得急，这次没走完，只知其中一个长满荔枝树，小路幽静。旁边一座碉楼，是高高瘦瘦的立方体，古朴雅致。

我们又乌泱乌泱地跟着主人走访了几个"文化景点"。一个是茶室（名字忘了），里边有茶文化展示。一个是耕读别院，内设客家文化展览馆。此处所谓"别院"，其实是一个民宿，房间不多。繁华都市里，这样的茶室与民宿并不出奇，放在这相对原始的村庄里，稍一人为，便凸显出了低处的高。

村中还有一个筷箸小院。确实是个小院，花花草草，红绿相间。院内主要展示筷子文化。来访者可亲手制作一双筷子，所谓手工坊。小院主人名叫张军，举起一双双形状各异的筷子给我们讲背后的故事，比如一双筷子是雕琢了两头海豚，一接吻就有倒过来的爱心呈现。还有一对勺子是讲述一对夫妻四十多年相知相爱的故事。一双双筷子顶端均刻画着来深年轻人的平凡故事等等。直觉每一个故事都是一篇文章，但又似曾相识。

这些事物仿佛一根一根钉子，将迳口村紧紧地钉在地面上，谁都拔不下来。作为写作者，将其落在纸面上，读来不过如此。而它们出现在作为游客的我的面前，一层层铺展开：看了祠堂后，想也不过如此，正要离开，欸，还有一个公园，走完觉得不错，欸，还有一个湖泊，欸，还有一个碉楼，欸，还有一个颇具腔调的筷箸小院……我看到一张连缀在一起的画面，因为没期待而意外，于是就想下次要来细看。

第二次，相当于第一次的放大版。静心打量，村中事物的纹理和汗毛都清晰可见，摸上去凹凸有致。

先看景。

上次未注意停车问题，这次自驾来，发现此处至少有四五个停车场，分布于村庄前后左右，但停车并不方便，大多停满了车，却又不见几个人。整个村子都静悄悄的。怪哉。

村庄四周被好大一片荒草包围着，仔细分辨，各有其名：白茅、鬼针草、兰花草、五色梅等，不像人工种植，高的高，低的低，或枯或荣，各行其是。

两片湖水，村东一片，村西一片。村东湖水简单明快，大团大团的白云终日堆积于湖上，一旦落下，湖水会被砸出一个坑，漾出岸来。村西湖畔长满一人多高的芦苇，人入其中，先没腰，再没头。岸边有人垂钓，风吹苇叶唰啦响。此水名"光明泉"，而非"光明湖"，因其背后靠着一片巨大的水，以前叫作公明水库，现已更名为"光明湖"。村边这汪水，九牛一毛之体量，只好以"泉"字敷衍。

岂止一个光明湖。欢乐田园、光明农场大观园、虹桥、大顶山绿道等，整个行政区的几个重要景点，以这个村庄为中心，几乎全部串联在了一起。优越的地理位置很容易让一个不大的村庄蠢蠢欲动。

迳口村里的楼房大多三四层高，相对疏阔，干净整洁，不似其他城中村那么拥挤。略显陈旧的小平房占比不小，狭窄，逼仄，推开门都能撞到路边人。门口搭着竹竿，竹竿上晾晒着衣服。路口端坐老人若干，摇着扇子打量偶尔路过的行人。另一些房子错落搭建，沿阶下行几步就是菜地，种有白菜、菠菜、空心菜、韭菜、小辣椒、香葱等。丝瓜秧吊在篱笆上。老母鸡有一搭没一搭地扒着菜地里疏松的土壤，低声地咯咯哒哒。戴着凉帽和围巾的妇女一手拎桶，一手执瓢浇水。好一副鸡鸣狗叫的农村生活图景。

　　另一迥异于深圳其他城中村的是，租房的外来人口似乎不多，住户基本都是原住民。外来人口与原住民身上的气场不同，前者意气勃发，后者慵懒沉静，一眼便可辨出。

　　村口有一社区公园，内置运动器材，有人吊在那儿左右摇晃；一个圆形的书香亭，可以自助借阅图书。公园中央有一舞台，应为集会、演出所用。周边绿植以紫薇为主，七八月份时花开正盛。

　　另一公园位于村后，名荔林公园，倒是贴切，即在原有一片荔枝林上改造而成。一条小路深入其中，行走其间，身边萦绕一股淡淡的清甜气息。逢开花时节，清甜变得浓郁。树下的野草已都割除，精心地安插着巴西野牡丹、射干、沿阶草、兰花草、鸡蛋花等。一些鸟儿有规律地叫着，忽然变得大声，然后呼啦啦从叶子中间窜出来，追逐着飞向天空。自己脑补，应该是先吵后打，冲突加剧了。

　　荔林边上，那座本地人引以为傲的碉楼，墙体斑驳，开有三五个一尺见方的瞭望窗（或曰射击口）。似乎没人能说清其来历。在深圳，经过时光揉搓，保留下来的碉楼依然不少，散落在各个城中村，甚至高楼大厦的缝隙里。碉楼多建于清末、民国年间，略似早年影视中出现的炮楼。强盗四起，土匪肆虐，村民可藏身其间，透过小窗向外射击。世事更迭，旧物消亡，它们越来越显珍贵，也得到了相对有效的保护。从这些碉楼旁边走过时，心里常常嘀咕，里面到底是什么样子，人们躲进去，体验如何？正好，迳口村这个碉楼有一个敞开的小门，惴惴踏入，发现不过是四面墙垒起来的一个空壳子。地面的砖头瓦块间，耸立几棵浓绿的滴水观音。无楼梯，无层次，一眼望到天。它更像一种姿态：我这里有炮楼，可以抵抗你，让敌人望而生畏。想来，这里面也是有过东西、有过故事的。事物灰飞烟灭，故事跟着沉没了。一个空壳子像张开的嘴，没有声音。

在村中走，路边种着扶桑，大红花朵由绿叶丛中跳出来，四处张望。远处的山岭连绵不断，苍翠、雄浑，让这个村庄显得扎实。曾在本区域最高处眺望过，迳口村仿佛一小堆红砖白瓦丢在化不开、望不到边的绿色中间。高处低处，两视野有过对照，村庄便既不神秘，也不菲薄。

再找人。

村东有一小广场，三棵巨大的榕树傲立其间，故名三棵榕广场。广场边有一小店，店内坐一老人，腰不甚弯，头发尚黑，腕戴玉镯，见人便笑。

老奶奶已九十多岁。20世纪七八十年代，中越交恶，越南大规模排华。1978年，4300名归国华侨被安置在宝安县境内的光明农场。迳口村由迳口旧村、迳口侨村和果林村等几个自然村组成，侨民占多数，老人家便是其中之一，如今已繁衍至第四代。子女盖起小楼，她一个人住在一楼，每天起得早，泡茶饮几杯，然后出来吃早餐，或与家人、邻居打几圈麻将。老人是深圳由小到大、由农村变都市的见证者，无事时喜欢坐在小店内和客人聊聊天，客人也喜欢听老人讲讲过去的故事。

老人口音不同于当地的客家话，而是越南方言和广西口音混杂，基本听不懂。替我们当翻译的店主，乃老人最小的儿媳，看上去还很年轻，与其侄女（即老人的孙女）合伙经营这家小店，除咖啡、果茶之类，兼卖越南特色美食。其中之一为炸春卷，金黄色，香脆，内包木耳、香菇、猪肉、胡萝卜、鸡蛋等，配酸萝卜，蘸着特有的米醋吃。

深圳之博而杂，似早有先兆。这淡淡的异域风情，令小村显得扎实。

其实这一天我大部分时间坐在筷箸小院里和小院主人张军聊天。第一次见面互加了微信，这次特地拜访他。开始时，是想听他讲意犹未尽的筷箸故事，结果很快落到了小院的经营上。天棚下，阳光洒落一地。我们一边喝茶一边闲聊。他说自己原先在一家大型房产公司做园林工作。我才注意到墙角的花，墙面上的涂鸦，枯木制成的桌面上的摆件，看似随意，实则互补，动一个，则整体布局跟着变化。

他说，小院本为几户村民的产权，他一个个地去谈，统一盘下来。装饰一新后，在门口贴了个收费标准：参观茶位 28 元/位；筷箸体验 168 元/位；木作体验 128～360 元/件……都市里常见的操作，令一些村民吃惊，在我们村子里做生意，来坐一坐，喝杯茶居然收费？农耕社会的逻辑依然强大，平静水面之下的对撞悄然形成了。在小院加装了地板，被人啪啪敲门，进来追问；在墙体上挂一个宣传广告，被勒令撕掉……这些世俗意义上的"刁难者"自然各有道理，当事人却是实实在在的一步一个坎儿。要说无人重视、没有支持也不对，区里、街道、社区的人多次来视察和考察，给出了各种承诺与扶助。张军深爱这个地方，向每位来访者介绍迳口之美，但能感到他的无奈。两种逻辑各行其是，偶尔遇到，碰一碰触角，转头走向他途。

深圳可称为景点的地方并不少，迳口较特殊，因靠近水源保护地，各种开发受到严格控制，无法大拆大建。不是不为，而是不能为。如此，这里就成了深圳最像乡村的一个地方。此后多次去，或周末散心，或参加一些文化活动。记不清是第几次（第五次或第六次）去，当时是应邀来参加一个什么仪式，刚进村，听到活动地点传出阵阵音乐声。顺乐声走去，与一个穿着拖鞋的村民擦肩而过，听到他在悄悄地嘟囔，又搞什么搞。

　　吃了一惊后，想，为什么会这样？再一想，也许，他们的生活被打扰了。我安安稳稳地在这里生活，没招谁没惹谁，怎么就会有天上掉下来的动静？我不想热热闹闹，不想成为繁华商圈的仓皇蚂蚁，只想做村外稻田边的躺平者。

　　在欲望丛生的楼宇间，定力即超然，执于一端方显其英雄本色。但再一想，一成不变的生活其实是不存在的。他们现在的生活并非自古如此，也是从刀耕火种中跋涉而来，是最早的一批精英引领着大众一点点改变而来的。这对那些习惯了骑射，宁愿日出而作、日入而息的人来说不也是打扰吗？每个人都注定要在打扰和被打扰中间找一个平衡点，在大潮面前调整自己。或者主动或者被动。

　　再想，不想改变的人就这么认了吗，忍了吗？迳口未来会怎么样？

　　在汇集到一起的后面的所有到来（第三次）中，我能看到地方管理者努力的样子。也许是村中管理者，也许是街道或者区里的执政者，也许是更高层面的要求，总之，不能就这么一潭死水地待着，要动一动。他们把能尝试的都尝试了。复原田园景色，整理原有历史与生活，打造美食街区，引入无烟的文创产业，概括起来或许也就是两个字：文旅，且收到了一些效果。

　　但所谓美食街，不过百八十米长的一趟街，两边有十多个店，平时基本都关着门。几个文化支点，除了筷箸小院还有点人气，其他要么关了门，要么根本不见人。人们喜欢周末到处逛逛，从自己待腻的地方到别人待腻的地方去，也是看看就拉倒，这几乎成了所有文旅小镇的宿命。迳口村不远处有个"西柚小镇"，饭馆云集，外墙有非常亮眼的涂鸦，开车经过时精神为之一振。停车走进去后，发现饭馆几乎全部关门闭户，四下无人。这种强力策划出来的各种小镇最终会走向何处？有人气的地方，尤其小规模的人气，都由非常偶然的"运气"生发，不可复制。是的，"运"和"气"自有逻辑，只是当下未被捕捉到。即使同一条道路，也因某一个小小的不同，如一条小河、一棵树、一根草、一朵云彩的不同而差之千里。能撑起场面的，是机缘，而非策划。但大家都陷入了策划的迷思。

余乃一旅行者，无意跟随此类稍显宏大的话题。直觉中，迳口村终究要回到原点，从一个个最微小的变化，扎扎实实地变化，润物无声，水到渠成，笑意一点一点展开。到那时，我愿意多来几次，与那些变化一起渐渐变老……

金　龟

　　金龟是个村子，现在都叫社区，位于深圳市坪山区。来历：村中溪水中曾有金钱龟出没。当然这只是说法之一种，各处地名的发音、意义多离初衷已远，后人只能根据现有名字牵强附会，却使错讹更深。

　　此处"金龟"二字，有"大自然"的内涵和外延，倒与周围事物较搭。一个大村子，由七个小村组成，散布在群山之间。平缓处一个小楼挨一个小楼，均不高，也不密，整洁干净。一男一女，四五十岁，正在楼下整理自家的荷兰豆，藤上的紫色小花星星点点。一大片黄皮树和龙眼树，遮住了远处的山峦，已过结实期。枝干上密密麻麻的绿，一动不动，静等着来年的又一次下坠。

　　两条路。一名"金成绿道"，伸向山中。路边蹲一条不大的狗，见人便狂吠。旁边有狗崽二三。刚生完宝宝的母狗不能惹，护子者的反应，人类当报以同理心。一名"金龟自然教育步道"。"教育"两字令吾莫名反感，不如换成"欣赏"。沿路深入，满眼的绿，貌似稀里糊涂混在一起，细看，从山上到路上，再到下面的田地里，层次分明，各自独立，绝不惊扰了整体。路边植物有若干标牌：椿叶花椒、桃树、桉树、樟树、潺槁木姜子、土蜜树、散尾葵、朴树……树和树有何区别仍搞不懂，倒是见识了几个生僻名字。

　　还有鸟类的标牌：噪鹃、褐翅鸦鹃、暗绿绣眼鸟、鹰鹃、白头鹈……若顾名思义，第一个最明显，应是非常吵闹的一种。此地乃观鸟佳处，但我什么鸟都不认识。空中偶尔掠过一只鸟，也不敢打招呼，唯觉自树叶间传来的高高低低的鸟鸣，让树林更加丰满。而一路时隐时现的香味，又像鼓点一样使树林律动起来：幽香、清香、浓香、甜香……都不明确，都绕不开。

被染成砖红色的柏油路只铺了一段，剩下都是土路，鞋上飞满尘土，草叶挂上裤脚。左侧可见村民种的白菜和蕹菜，篱笆墙细竹萧萧；右边十几个方方正正的蜂箱。木瓜树上七八个青木瓜紧紧挤在一起，都目不转睛地盯着倏忽而至的蜜蜂，似怕被蜇。

一条小溪水，隐在深草和芦苇中。水流不急，却被石头激出波纹。名为金龟河，称河又实在牵强。一只白鹭定定地立在岸边，呈凝固状，恍惚间穿越于生死之境。

路见两图腾。一棵龙眼树下，有一石雕发财猫，座下有香火，脖子上系着红绸带，左手举一长方形牌，上书"招财进宝"；右手持一菱形牌，写着"亿万两"。很直接。对面山下一小庙，案板上摆放牌位："牛王爷爷神位"，对联赞曰："牛德如山重，王恩似海深。"后查资料得知，农耕文化在附近坑梓黄氏家族中占有重要地位，在其客家围屋中，牛的符号随处可见。牛在黄氏心中代表了吉祥和一种神圣的力量。此种崇拜，或许也不仅限于黄氏族人。

约半个小时绕回来，见一图书室，名为"金龟自然书房"。风物的尽头是文化。信然。

据说这是国内第一家自然书房，存有各种高品质自然类图书三千余册。一楼有"水吧"一个、邮政信箱一个。两名青年男女主动带着刚进门的我楼上楼下参观。一楼的阅览室，亦借亦售，摆放的书籍并不生硬，《昆虫记》《杂草记》《草木光阴》《观鸟笔记》《加拉帕戈斯群岛》《深圳自然读本》等，看书名就令人兴趣盎然。遂购三本印制极精美的资料书，其中一本为《金龟自然教育步道》，恰好可以回放和印证我刚刚走过的路程。墙上有昆虫生长挂图、蝴蝶的标本。蝴蝶排列整齐，死而犹生。一张大书桌旁，一位少妇正带着几个孩子围在那里翻书，她悄声对一个孩子说，记着，从哪里拿的，一会儿再放回哪里。窗台上一排多肉在晒太阳。精致的小瓷杯子上写着名字：周圆圆、朵朵、瑞祺等。哈，这个地方真的适合为孩子们代养此类"宠物"。

二楼乃接待室，摆放着沙发和桌椅，可斜靠其上，发一会儿呆。书架上除了图书，还有一排排老磁带，中年人从中定能找到自己的怀旧经典。二楼有两露台。室内小露台，玻璃明亮，极目望去，满眼阳光。露台正对着一棵凤凰木，每年五月份到八月份，鲜红硕大的花朵随时会冲进室内。穿过小露台的矮门，即是室外大露台，坐在椅子上，微风四面来，头发飘飘，好不惬意。

从上面可见一楼室外空旷处亦有四张圆桌，每张圆桌配四把椅子。坐下来，手持一杯饮料，千万别和楼上对视。大家此刻都想自己，让庞杂心事在这里彻底消散吧。

从远方来，只为踏访此书房，却发现它根本不是一个单独的存在。山峦、树林与鸟雀需要这样一座书房，而书房也必须安插在它们中间。潺潺溪水反衬着一篇篇文字，幽幽香气萦绕着一个个封面。山林中的书房，才称得上自然书房。

深圳还有这样的悠远之地。即使是周末，在步道上也没遇见几个人。书房里的读者主要是本地村民，外人来得并不多。一切都是免费开放。忽然想说一句话：只要你来，这一切都是你的。

路过七十三区夜市

那个颠着大勺的师傅，额头上沁出亮晶晶的汗水。火苗子呼呼响着，他的臂膀一抖一抖，似乎使出了浑身的力气。铁勺翻飞，香味随风四处弥漫。也就一两分钟时间，等把食客的食欲彻底勾上来，唰地一声，炒粉倒进盘子里，热气腾腾地端到那个已经等不及的人面前。

这位厨师一个晚上能做五十个炒粉吗？好像有点悬。就算能，一个炒粉净挣五元，他也就是二三百元的收入。

但在干活儿的时候，你可以感到他已经不在乎钱了。他就是要颠勺，就是要表演，要让观众为自己叫好，感动，涕泪横流。

接过钱的瞬间，他悄然回到自己的世界。

他要过日子，要养家，要费尽力气让孩子上一个公办的学校。

路过夜市时，我看见他们。

我看见了我。

那个我，溶解在里面，像一颗细胞，在肌肤中跳动。他是一颗顺从的细胞，不会干扰其他细胞的生长，不会引起疾病。

很多人在夜市边缘游荡。有形单影只的。有夫妻两个牵着手的。有慵懒地抱着狗的。主人随时把狗放下来，在树下撒一泡尿，然后"母子"两个大大方方地继续走。

夜市没有统一规划，是自发形成的。影影绰绰的灯光下，是禁与不禁之间的模糊地带。

这个夜市，叫作布芳路。但这里的人几乎约定俗成地称之为七十三区。

坐标：深圳市宝安区。

整个宝安老城区，处处挂着这样的叫法：金融街在五区，新安影剧院和老图书馆在三区附近，二十五区是个商业区。

阿拉伯数字本是最没有情感的物质，像塑料用品，看上去有模有样，放到嘴里嚼一下却很恶心。

但这些年，数字又有变得很拽的样子，比如纽约第五大道，比如北京七九八艺术区。于是宝安也搞了个艺术二十二区，后来倒闭了。

听说当年深圳大开发阶段，宝安还有大片空地，河涌和稻田横陈于湛蓝的天空下，等待各地涌来的人粗鲁地把它抹掉，在上面盖房子。主政者借鉴了外来的方式，把老城区的地块以数字划分，方便转让。

"一区""二区""三区"……依次排下去，一直到一百二十八区。

它们大致按次序相连。七十三区、七十四区、七十六区都挨着；也有的比较跳脱，六十二区挨着八十区，六十九区挨着二十三区等。如果按部就班地去找……那你就慢慢地找吧。

外地人初来，常感到困惑。本已有某某路、某某街，后面又加一个三十六区，是什么意思？

官方已明确表态，说这些区块跟行政区划没关系，是历史遗留问题。但有些约定俗成的，也就一直这么称呼。我就经常把这个夜市叫作七十三区夜市。

夜市上很多摊位。几个支架，一张桌子，上面铺一块布，布在四面伸展下来，就是一个生意。

台面上摆着的，有手机壳、充电宝、数据线、贴膜等。台面后面坐着一个面目模糊的年轻人。

有人站在跟前挑选手机壳。各种型号齐全。问一下价格，并不比网店贵，而且更方便。

有的台面上摆了几个玻璃瓶。里面有绿色的小乌龟，带回家可以当宠物养着。还有小仓鼠，白白的，毛茸茸的。两个小孩站在那里目不转睛地看，久久不肯离开。

有的上面摆着秋裤、袜子、毛巾、睡衣、牛仔裤、布鞋以及各种童装，都是居家必备生活用品。

它们或叠得整整齐齐，或故意散乱地堆成一团。行人随便翻一件，抖开，在身上比划一下，感觉合身，就买下了。摊位前本没有人，只要有一个人停下来试穿，其他行人都会围过来。

衣物很鲜艳，款式也不落伍。穿出去跟那些名牌没什么区别。反正都是穿一两年，名牌也没穿一辈子的。

关键是价格真便宜，三五块钱、几十块钱。这年头，三五块钱能买什么？

你几乎很少看到两个卖相同物品的摊位。卖蟑螂药的，即使有两个，也会一个在街头，一个在街尾。

最多的还是吃食。面饼一摞一摞地傲立着，烤蚝整整齐齐地排成几排，就像写文章时常用的排比句，一句接一句，越读越快，气势磅礴，没道理也显得有道理了。

金黄的光在香蕉的皮肤上跳动，一坨坨的香蕉，生机勃勃，可以随时站起来与行人对话。

臭豆腐、奥尔良鸡腿、麻辣串、陕西面皮、米皮……在夜晚的湿气里缠夹在一起，散发着奇怪的味道。而你买下其中任何一个，都是自己独特的香、甜或者臭。

城中村是城市的湿地。深圳尤其如此。据说城中村比例一度占了整个深圳建筑的一半。深圳房价高，全国人民都知道。城中村里有大把的便宜房子，外地人却很少知道。一两千块钱在这里也可以住得下来。如果都扒掉盖成商品房，动辄六七万、十来万，房租自然大涨，那些快递小哥、环卫大嫂、保安大哥、保姆阿姨住到哪里去？深圳都是所谓的"高端人士"，谁来为他们服务？服务费得多高？

没有了湿地，整个生态都会变异。

现在城中村已经被拆得七七八八的。

很多初到深圳的年轻人和闯荡者都住在湿地中。过几年，他们收入高了，境遇改变了，买了自己的房子，或者能租得起更贵的房子，陆陆续续离开这里。之后他们再提起城中村，大多是怀念城中村的美食。

"美食"是他们的青春记忆、困境标签。他们在这里长大，在这里忧伤，从这里出发。

多年以后，他们在某个饭桌上讲起自己的故事，在某个梦中惊醒，摸着自己受过的伤，都不可避免地点燃城中村的烟火气息。

那些炒米粉、烧鹅、卤味、白切鸡、八刀汤等等看上去很普通的东西，不声不响地都成了拼争的见证者。

这些被记住的美食，并非被强行加盖了一个章。它们绝大多数确有其独特之处。

不起眼的小贩，他要在同业竞争中尽快冒出来，通过一点点提高自己的品质让初来乍到的食客成为回头客。他的产品微小得需要拿显微镜去照，他一天只做一件事，只琢磨一件事。这是他赖以养家的唯一手段。他有足够的时间和精力，去调整里面的一个个小细节，直到每一个细节互相咬合，彼此顺畅。民间出艺人，匠人在民间。不是他们多么有新意，而是他们必须专心做一件事。时间一长，他们的心血一点点滴进自己的产品了。

这也是没办法的事。天天来付账买单的人们，挣钱不容易，花钱更在意。他要让自己的几块钱花得物有所值，叮当作响。他们对价格和品质要求很高，逼着店主必须在可口和微薄的利润中间踏出一条血路。

于是，在城中村的夜晚，竞相绽放出一个个美食摊位。总有一款适合你。

我在一些小巷里尝到过不错的小吃，它们都有固定的忠实食客。

这些没有牌子的产品，一阵风就可以吹走，不留下任何痕迹。它们被食客写进文章，谱成歌曲，成为酒后的谈资。它们与怀念它们的人永无机会再见。

为什么一想到这个市场，我的记忆总是停留在晚上？

其实它在白天也是存在的。

门口有个卖馒头的，号称山东大馒头。这是北方特有的那种馒头，饧面、微黄、筋道。饭量小的，一个就够了。

小时候，吃馒头是过年的标配。现在天天过年。南方的馒头，不知是什么工艺，居然能像面包一样暄软，卖相不错，口感也不错，但怎么吃都没有饱的感觉。我买过两个"山东大馒头"，吃了一个，另一个放到冰箱里，很长时间忘了吃，后来长了毛，只好扔掉。

那到底是个店面，还是个摊位？绞尽脑汁也想不起来了。

有个卖甘蔗汁的，一个手推车（或许是三轮车，总之都差不多），上面放着刚刚收割下来的甘蔗。一丈有余，青黑色，铺一层淡淡的白霜。杆头上有浓密的须子，须子上粘着晒干的泥土。摊贩穿着粗布衣服，敞着怀。我猜他是故意打扮成这样。粗布衣服比那些地摊衣服并不便宜多少，但它是农民的标识。而摊贩显然不是农民，一副都市老江湖的样子。他用锋利的刀子把甘蔗皮削掉，露出白嫩的芯，整根塞进榨汁机里。圆滚滚的甘蔗瞬间被压瘪，成了一整条渣滓。甘蔗汁从旁边一根管子里淌出来。一杯五元，一瓶七块。杯装的供客人现饮，瓶装的可以带回家。新鲜的甘蔗汁其实不宜存放，两三个小时就会变质。

我喜欢那种现榨的甘蔗汁，有一股青草的味道。甘蔗本质上也是草吧。一口一口地啜饮，感觉秋天在身体里渐渐长成了。

不知道什么时候，他们消失了。我特意去找，没找到。再过一段日子，彻底把他们忘记了。某一天，忽然又看见卖甘蔗汁的，赶紧买了一杯。

他们不是常摊，似乎也没什么规律。

有一天，我的车窗开关出现了问题，准备第二天去修理一下。第二天醒来，忘记了这回事，坐到车里，顺手摁了一下开关，窗玻璃似乎忘记自己已经坏掉，不声不响地打开了。彼此相安。下午忽然想起来，看了一下开关，它一副没事的样子，我也就装作没事的样子。

电影《长江七号》中，相依为命的父亲从建筑工地的高楼上掉下来，活活摔死。大家去劝可怜的遗孤。那孩子说，你们不要管我，我想睡觉。等我醒来，爸爸就醒来了。第二天，阳光照到孩子的脸上。父亲睡眼惺忪地在催他，赶紧起来洗脸吃饭啊。

夜市上这些人，也是我生命中的梦境。他们随时出现，随时消失。

那么多的人，那么多的摊位，看似很强大，其实很脆弱。他们不可能抱团，似一盘散沙，一个小小的政策就如风将其吹散。

鸡煲王、原味汤粉王、土鸭馆，隔着落地窗玻璃，可以看到里面懒散的客人。

更多的是在门前摆一张桌子。客人们穿着短裤、背心，趿拉着拖鞋，围坐在一起，一手攥着麻辣串，一手端着纸杯。纸杯里的冰啤酒泛着浓浓的黄色泡沫。

他们互相碰杯，大声喧哗。

有的只是一个人，手里的筷子一动不动，眼神定定地盯着某个地方。他依然沉浸在生活的羁绊里，还是彻底放空了自己？

碗碟都是统一的那种，外面用塑料纸包着。用筷子砰地一声捅开，颇豪迈。这里跟北方不同的地方是，一定端过一个塑料盆，用热水把碗、碟、筷子都烫一遍，废水倒进塑料盆里，才算完成吃饭的前戏。现在北方的一些火锅店也开始有样学样了。一盆热水，把碗筷都放进去，让客人们亲眼看到洗过，再拿出来一一摆好。

附近有好几个工业区。他们应该是工厂的员工。

尤其那些女工，褪去了工装，换上裙子，光着脚，白白的腿在灯光下一闪一闪，从统一规划中露出小小的自己，还显得有点性感呢。

还有长途客车司机，从东莞拉货到香港，却住在宝安。

还有和店主一样都是做小生意的。

此刻，他们有一个共同的名字：老板。

店主一口一个"老板"地叫着，给他们端茶倒水。这些消费者习以为常。

在深圳，无论是五星酒店还是街头苍蝇馆子，基本都可以享受到大老板一样的尊重。店主不知道你是谁，他只想好好做成一单生意，追赶上真正的老板。他们笑容满面，逆来顺受，不生闲气。

你可以把这称为"伪饰"。

剥掉了这个伪饰，就叫豪爽。北方人常被称为豪爽。大口喝酒、大块吃肉之外还要互怼。说话做事都是直抵命脉。

没有孰优孰劣的问题，都是多年形成的做派。

互相不熟悉，基本的礼貌便成第一要义。这个伪饰其实是拉开一点距离。人和人啊，熟不拘礼固然豪爽，但也容易互相伤害，走向反面。一点小小的距离感，成为夜市的灯光之一。

从昏暗的夜市转一圈，走出来，不小心会被明亮的灯光突然刺一下——门口左手边是一个名为喜乐购的超市。

从大马路上经过，你完全不会在意这么一个超市。深圳的生活真方便啊，方圆五百米内，几乎可以解决任何问题。药店、银行、饭馆、美容店、手机店、港货店、培训班，都是为你准备的，随手可用。

夜市旁边，大大小小的超市也有好几个，喜乐购算是最大的。

在这个杂乱夜市的映衬下，它就像一个巨无霸，规整、明亮、气势磅礴，里面有水果区、蔬菜区、熟食区、洗漱用品区等。

同样的女工和趿拉着拖鞋的人，在超市里购物时，表情比在夜市沉稳多了。

这么大的世界，这里一些人，那里一些人，像蚂蚁一样匆匆来去。你从远处望过去，这一些和那一些并没什么区别。走近了，也看不出区别。

区别只在他们自己的心里。

我躺在自己家的床上，轻轻翻着一本书。根本想不到还有一个夜市就在不到一公里之外的地方。一只蚊子飞过来，嗡嗡乱叫。我拍一下，没拍到。蚊子飞走了。

路过那个夜市时，我常常被它强烈撞击。像一个拳头，打一下，不痛；再打一下，还不痛。再打时，我已经离开了。

第三辑

流　　塘

　　流塘是个地理概念，原为一个自然村，后改社区，隶属于西乡街道。深圳市宝安区老城区由新安和西乡两个街道组成。名为街道，实有别于内地一般街道。两个街道管辖人口一百多万，堪比中等城市。流塘路沿线，常住人口亦有十数万。

　　吾居流塘日久，已将其作为生活概念，活动范围大大外扩，西至107国道，东到公园路，北接西乡大道，南为上川路。今人买房安居，必看周边配套。其实一个人的生活半径，不过周围一两公里，亦即，步行十几分钟可至。若超过此距离，需驾车前往，便不属于自家地盘。一走一驾，咫尺天涯。吾之地盘，以流塘为圆点，随着我的脚步一次次踩踏，越来越坚实。或有一天，在深圳地图上轰然一闪，大写加粗，再不褪色……

一、窗外有雨，击打在棕榈树叶上

　　下班沿流塘路步行几百米，暗香盈鼻，毛孔舒泰，四季不断。遂作一文《香如瀑》，曰：

　　　　我愿以无知换取更多想象，比如，香气是藏在树上的某些虫子、小鸟发送的。低矮的灌木里，跑过一只灰色老鼠。生活在南方的老鼠有福，食物永远充足。它们的洞穴不冷。这只老鼠，拎着一个香囊跑来跑去。那是它一辈子的使命。吃饱喝足总要做点什么。它不是特立独行，是其他动物派出的代表，每日抛洒香气，让这几十米道路变得与众不同。人类享受了这些香气，却莫名其妙。看见看不见的众生，个个都有嫌疑。无论香气指认了谁，我都不会吃惊。

七八年无解，七八年如有神赐。终于某年得到确切答案，香味来自路边院墙内的高大桂花树。再经过时，同样的香味，忽觉寡淡。

流塘路贯穿着工厂、旅店、报社、店铺等，其中三个商业小区，地盘相加不抵在北方时居住的一个小区。就这，随便拎出一个，在深圳的小区规模排名亦中等偏上。

宝安新村。深圳市前身乃宝安县，县属深圳镇及周边村庄被划成特区，其他外围地方分为若干区。后几经变迁、切割，宝安二字坚强地保留下来。一个小区挂如此名头，皆因其为最早的公务员小区。二三十年过去，墙体灰白斑驳，透着一股古旧的沉稳之气。老住户陆续搬走，居民换了一茬又一茬，仍有一些石头一样沉在水底。一对夫妻，经常牵着手在附近散步，很恩爱的样子，成为小区一景。楼不高，无电梯，路阔。刚来时曾在那里租住半年，每天早晨被叽叽喳喳的鸟鸣声惊醒。向窗外看，树木森然，阳光穿过缝隙跌在地面，黑白分明。石凳上坐着两个老人，轻声聊天。

不远处是富盈门小区，亦曾租住过。楼面刷了白漆，显得单薄。据说质量稍逊。我租住的时候，半夜客厅里的墙皮脱落，发出哗啦一声响，以为闹地震。太困，惊醒后马上睡过去。翌日晨，惊见天花板秃了一大片。屋里蟑螂颇多，会飞，持旧书、鞋底追逐，得手少，失手多。它们饿极了什么都吃。我买的新鲜辣椒，巨辣巨辣的那种红辣椒，居然被它们啃得豁牙露齿。很难想象它们吃掉辣椒时的样子，就不怕便秘？遂买灭蟑专用粘贴数副，置于厨房灶台旁，颇有斩获，另杀苍蝇数枚。还有触目惊心的一只壁虎，它皮肤惨白，像得了白癜风，已离世，状貌凄然。该壁虎此前见过，嘴里叼着一只蟑螂，敏捷地左顾右盼。虽吓一跳，转念想这是益虫，要保护，于是温柔地看它走远。不料今日被我误伤。命运何其乖张。

小区院内有几株紫薇花，每年五六月的时候，开得烂漫，映衬着天空的蓝，以致我留下了刻板偏见：富盈门是紫色的。

紧挨着的天骄世家，号称 21 世纪初宝安的四大豪宅之一。在一片农田中站起来的电梯房，盖得高，物业好，自然让人羡慕。最早买在这里的，非富即贵。卖我房的那个前业主，花四十多万买来，住了十年，加二百万倒给我。该晚讲价三小时，双方妥协，签订合同。他盖上笔帽开心地说，朋友们都提醒我，房价已见顶，速抛。言外之意，你是接盘侠。我耸耸肩，无所谓，反正自己住。八年后，再见那位广东小老板，对其笑言，老兄，你卖我的房子已涨到一千万。他笑道，祝贺。问他，你现在住哪里？答，十好几套房呢，想住哪住哪。怪不得若无其事。人家的财富是真金白银，我和许多只有一套房的人一样，财富仅及纸面。房子是无数深圳人的痒痒肉，饭桌上、茶馆里，无论什么话题，聊来聊去，跟相声里《成语接龙》一样，最后一定落到房价上，满室沸腾。

为最大化利用土地，本地楼盘常盖转圈楼，即近半圆形，非四四方方。如此，房间很少是正南正北朝向，而是四面开花。天气炎热时，正南正北也不见得舒服，稍微倾斜一下，向阳光示个弱，和谐社会。小区广场多袖珍，或无。多把第一层架空，成为居民活动场所。一是广场舞大妈的地盘。这几年大妈们的伴奏声音明显降低了，据说管理部门对分贝做了明确规定，偶尔抽查。这种扰民事，不能光靠自觉和道德约束，悬一把法律的达摩克利斯之剑，大家都方便。近年跟着儿女来深圳的老年人越来越多，除了跳广场舞、带孩子，做义工的也不少，各种大场面的活动中常见其穿着马甲的身影。一些微薄的补贴，让这些义工组织有了可持续性。二是遛娃之地。一早一晚，数不清的孩子在架空层跑跑跳跳，互相追逐。从蹒跚学步者到十来岁的半大小子，尖叫声不断。吾对此持正面看法：他们长大后要工作、要消费、要创造，人是城市壮大之根本，后继有人，城市便得以存续。

小区中间有一露天泳池，每年过了五一，放水营业。凭窗而望，人影晃动，赋诗咏之：

> 春天的泳池是干燥的
> 俯视下去像个空盆
> 这个四季不分的城市啊
> 空盆周围
> 每天都盛开着鲜花

小区里长着几株芒果树，和榕树、紫薇混在一起。某个周末在小区里散步，突然像意识到了什么，抬头见枝头吊着一个个美妙的芒果，青绿接近黄，随风荡漾。又过些天，下班回家，门把手上面吊一塑料袋，内装两个圆滚滚的芒果。到业主群里询问，原来是小区物业摘下来分给大家的。

还有一棵鸡蛋花树，每年四月末到八月初花开不断，黄白相间的鸡蛋花掉下来，还是完整而结实的。我只捡拾落在绿化带上的花，凑在鼻子下面闻,一股清甜之气。身边若有同伴,便情不自禁地拿到他们鼻子下面,逼着人家闻。他们一边躲,一边问,能闻吗?能吃吗?有毒吗?吾答,泰国人是以此做菜的。拿回家简单冲洗,扔进杯子里,冷泡矿泉水。一小时后,水味儿变薄,口感极好。

鸡蛋花树旁边摆放着硕大的饮水机。隔几天我就下楼打一次水。打的是矿泉水,平均每次一两块钱,我在里面存了三百元,两年没用完。我穿着拖鞋,大背心,大裤衩,慵懒地迈着步,就像在自己的卧室或客厅里。每一缕风都那么妥帖。

这里是我的家。夜深时,窗外有雨,击打在棕榈树叶上,泠泠有声。关掉空调,拥被侧卧,心静如水。

二、偏僻的巷子里人声鼎沸

深圳无荒芜处,哪怕走进一个最偏僻的巷子,也会被忽然迸发的人声淹没。

庄边村如是。该村为城中村,房屋低矮、密集,巷子狭窄,夹在天骄世家、富盈门、雍和园和丽景城等几个小区中间。村中店铺林立,理发店、五金店、旧货店、网吧等等,卖菜摊位尤其多。孤身一人时,吃腻单位食堂,就自己买菜做饭。两毛钱一把葱(两根或三根),还用胶带小心地缠上。一块钱一根黄瓜。五毛钱买两头蒜,暗想,若是按瓣儿买,估计他也卖。在北方,这样买东西怕要起冲突。南方天热,瓜菜都放不住,一两天便腐烂,冰箱亦不是万能。人心换人心,零趸可也。若干菜名有别于北方,黄瓜不叫黄瓜,叫青瓜。茄子叫茄瓜。青椒称圆椒。

所有城中村的房子都不愁租。野蛮生长阶段,本地居民纷纷抢盖,一楼在手,坐吃山不空。深南大道上有一打卡地标——汉京中心大厦,上书巨大的"我❤SZ"字样，意为"我爱深圳"，一度被年轻人调侃为"我爱收租"。有些"二房东"，承包下整栋楼，改造一下，起个文艺范儿的名字，号称"公寓"，加价出租，亦发家致富。一次，帮租住在庄边村的同事搬家，顺便问问房东价格，房东傲娇地说："不能讲价哦，这个很抢手的。"十年间，眼睁睁看着单房价格从月租三四百元一路涨到两千元。疫情期间，大量工厂倒闭，深圳走了很多人，再到城中村中去，几个二房东站在路边热切地看我，甚至追过来问："老板租房吗？带空调，价格可以商量。"

最近一两年，庄边村里挂了许多标语，都与拆迁有关："早拆完，早开工，早建设，早回迁""地块拆迁有期限，真情服务无止境""搬迁是您的奉献，安置是您的享受"……均无落款。散步至此，见一办公室门口挂着某某办公室的标牌，进去瞎问。一男一女，男老女少，貌似接待员。什么时候拆迁？有什么政策？是哪个地产公司主导的？两人懵懵懂懂，语焉不详。看上去不像假装，是真不知道。且想当然地断定我是来炒房找便宜的，好心提醒道，先别买，到底能不能拆成，还没准儿呢。

他们此前似乎没少接见此类人。

隔着前进路，有一神秘社区，院墙高耸，可见一座座整齐的别墅。已露旧态。细瞧，门口写着"庄边金庄园"，并不显眼。据名判断，这才是庄边村原住民真正住处，对面的"庄边村"只为出租挣钱。与妻子并肩往里走，被保安拦住，以粤语质询：请问您找谁？本想谎答"我们住这儿"，但不会说粤语啊，再者，被识破多尴尬。于是讪讪退回。与周围各个小区物业比，这里更森严些。有一年春节乘保安不备，还是混进去了。行走其间，座座大门紧闭，二三楼里隐隐人影晃动，我这个早已以深圳人自居者，竟不自信起来，脚步绵软轻飘，踩不踏实。

终究是别人的土地。

　　附近另一个城中村，名布心村。深圳市内不止一个"布心"，周边城市亦有。布心实为"莆心"，莆即蒲草，一种长在水边或沼泽地的多年生草本植物，植株高大，地上茎直立，雌花序粗大，俗称蒲棒，莆心即蒲棒。由此可知当年此处水域众，水草丰茂。深圳地名多来自广府或客家土话，通过普通话和汉字转来转去，逐渐失去了原意。

　　该村隔着流塘路分为布心一村和布心二村。布心二村里面有两株凤凰木。深圳季节之间无边界，此物乃区分春夏的浮索。凤凰木于五一前后开放，树叶羽状，单花似飞凤，一夜变红，天空布满宏大叙事。花开时我去拍照，角度不好找，周围的农民房窗户上摆着的物品、凌乱停放的单车，常常闯进镜头。我有时歪着脖子，有时候下蹲仰头。身边会有不认识的人同一时间跟我同样的姿势。凤凰木乃本城最常见树木之一种，花期时，东湖公园、皇岗公园、洪湖公园、笔架山公园都是赏花好去处。而城中村的凤凰花，是水泥里的跳跃，因少而尤美、扎眼。

　　村中一庞大建筑，名布心大厦，似为本村集体资产，其实就是几层筒子楼，一个挨一个的小房间，每处不会超过三十平方米。关门是自己的世界，开门是一个望不到边的大世界。此处租价低，住户多。三四友人买房前，皆在此处租房过渡。他们交的房租，成了本地村民的分红。

　　有一段时间，布心二村主街上的招牌全部统一起来，黄底，黑色的宋体字，不美。忍不住问一个理发店主。他说不知道什么原因，第一家挂了招牌后，第二家就照着第一家的样做招牌，第三家也照着来。最后一看，都一个样了。并无强令统一。都是自己选的。这就怪了。什么审美造成了这么整齐的局面？还能改回五彩缤纷的日子吗？

　　村中租住者多为出租车司机和工厂工人。傍晚时分，横七竖八的出租车塞满路途。行人闪转腾挪，穿插而过。行人以女性居多，穿不同的制服。此所谓"厂妹"。电子工厂夹杂在农民房中，在路上边走边打量，根本分不清是谁。下班时如洪流般涌出的人群好像盖了一个章：这个楼，工厂也。路边的布告栏里贴了好多招工启事，基本对学历没要求，年龄要求也很宽松，可见招人不易。拍下来发到朋友圈里。东北一位媒体老总回复：月薪六千，比我多啊，我要去。我回复他：一分一秒都被机器精确控制着，你受不了的。

夜八点，一个高而胖的戴工帽的中年妇女，脸上淌着汗，穿着深黄套服，站在布告栏旁对着电话大声嚷："要是上白班就不要上夜班，要是上夜班就不要上白班。"吾夫妇刚好路过，妻子小声嘀咕："这是一句废话。"我却仿佛看到彼端有一个想加班多得钱的人，他和此岸的人穿同样的工装，因细微的阶层差异而有了巨大的鸿沟，乃至对立。这个城市里，不乏一跃飞天者，但更多情况是，一个小小上升空间足够一个人爬行一辈子。

对面的布心一村给我的印象总是漆黑，该处有个规模不小的夜市，多次闲逛，常有会被绊倒的担心。黯淡的灯光下，一长溜摊位，廉价的拖鞋、背心、充电器，各种不明来历的小吃。摊主面目模糊。

夜市两侧的树也砍掉了很多，或跟2018年名为"山竹"的台风有关。沿海地区常年刮台风，"山竹"是极大的一次。是时，市里给出的指令非常严厉，大致是宁可白白准备，也不能到时措手不及。室外作业全部叫停，船舶全部停运、入港。体育场馆里铺好被褥，住满临时安置的民工和无家可归者，发放面包和矿泉水等。第一天刮了点小风，下了点小雨，人们开始笑谈台风登陆又失败（此前常有的事）。不料第二日清晨起，风越刮越烈，像野兽在叫。眼看着大树断裂，砸瘪停在下面的汽车。雨水粘在一起，在半空中横过来，整块浇下。台风过后，街道像经历了一场战争。垃圾桶和广告牌东倒西歪。两千多万人的城市，无一人伤亡，也是叹为观止。夜市那条街上的树倒了一半，高大的榕树横在路边，根须带出触目惊心的一大坨新鲜泥土。工人前后左右奔忙，以电锯切割之。

流塘村也是城中村，被建安路隔开，西面是流塘新村，东面是流塘旧村。流塘旧村与"流塘市场"重叠，进去发现，一层几乎全是店铺。烤鱼店、拉面馆、水果店、小超市……名称皆透着浓浓的山寨味。一天到晚人气哄哄，气球飘在脑瓜顶上也掉不下来，状类香港电影中的庙街。楼间距很小，把人们的生活也拉近了，呼吸着彼此的二氧化碳。某次，看到美食公众号上介绍一家螺蛳粉店，看地址，就在流塘市场内。此臭物，我之最爱也，兴冲冲带两个朋友去，米粉细，口感不爽，亦不筋道。后来想，也许自己恍惚了，再去印证下。吃完第二次，确定就是不好吃。在这种地方做生意，这个打法不灵，还得沉住气，老老实实等待回头客。

流塘新村几同旧村，均为握手楼，楼间距小于一米，打开窗，各自伸手可触碰，故谓握手。阳光渗漏下来，不小心都得卡住。一位本地居民在微信群里告诉我，这个新村是建给非流塘广府原住民的，本不是这个名，后可能是考虑到和谐，就给予流塘新村的名字。

早晨和傍晚不太热的时候，有人坐在楼门口发呆，一发呆就像个老城了。但是，这种老小区尚不能给深圳抹上怀旧基调。目前的深圳，相当比例的人仍在向前看、向高处看，远方还有无限可能。

在巷中行，抬头可见住户晾在窗户上的衣服。这里真是省衣服。晚上洗了，第二天穿，不耽误上班。几件薄衣换着穿，一年够用了。路中间有几个木质花坛，内植粉红的簕杜鹃。隔花看人，人都变得漂亮许多。地面干干净净，再无污水横流，这应该拜城中村综合整治所赐。深圳地少，为了盖房，拆掉城中村矮房，垒起高楼，此所谓城市更新，原有居民由此变成富翁。原先租住在里面的人，搬至他处，生活成本骤增。顶不住的，只好打道回乡。城中村乃城市湿地，大量的快递小哥、清洁工、厨师、保安栖身于此。若他们被逼走，这个城市的塔基就没了。或曰，深圳弹丸之地两千万人，已经很挤了，走掉就走掉。其实高学历是人才，低学历、无学历的人，只要靠自己实力挣钱，不偷不抢，都是为这个城市作贡献，都是人才。深圳有个口号"来了就是深圳人"，每个人见到这七个字或有不同感受，但起码起意良善。后来深圳严控"更新"，改为"综合整治"，把城中村的水电煤气等基本配套做好，清理垃圾，种上花草，美化墙体，使之焕然一新，设置网格员，维持治安，湿地由此得以保留。

沿流塘新村同一侧前行二百米，有一规模较大的综合体，原先开了很多面目模糊的饭馆，没什么特色。忽一日，重新包装，全部是当下最流行的消费形式，出租屋改为各式公寓，饭馆改为"木屋烧烤""豆记匠品""爱上吹牛的蛙""椰林印象""宴遇烤肉"之类。有一个保利万和影城影院、仟悦城超市。以前的消费者变老了，疏离了，就重新开始一轮。深圳依然是年轻人的天下，年轻人源源不断地涌来，消费自然向他们倾斜。这有点残酷，也有点欣慰。

曾经的猪笼寨里，都是自足的独立社会。如今舒适度渐高，烟火气渐少，与外界的勾连越来越多，面目仍有异，内核却趋同。干净、整洁、有秩序，属于当下的"普世价值"，被同化既是整个城市的必然，又是租户的必需。对于这种被称为现代化的东西，倒也用不着特别警惕。大一统之后，一定会渐渐生发"不同"，若天时地利人和，力度大到一定地步，乃至翻天覆地，直接百花齐放。此亦一颠扑不破的规律。

三、我伸出手，抓到一把空气

在一个地方，看那些事物萌发、成长、存在又消失，就像看一个人的生生死死。他是他。我是他。世界像一坨粘液，在悄悄蒸发，干巴巴地还是有一些痕迹。

初到深圳宝安，朋友领我走进一条街道，位于富盈门小区与庄边村之间，拐角处一座建筑，名"宝雅苑"（名为"某某居""某某苑"的，多为原住民盖的所谓"小产权"），一楼是个市场。肉食、面食、青菜为多，居然可以买到哈尔滨红肠。街道像一条滚烫河流，卖菜的，卖花的，卖杂货的，拥挤在一起。

有点小疑惑，路边摊位与后面店面卖的生活用品几无差异，店铺老板似乎不是特别反感前面的小贩，或是无奈，或是自发市场聚拢人气，大家都有生意做，一加一大于二。同行之间无须赤裸裸的仇恨。沉浸其间，以为此场景将天荒地老。不知道哪一年，好像一夜之间喧嚣沉寂。街道变得跟他处一样，干干净净，整整齐齐。办法也简单，在道路中间加一条隔离带，两个车道顿时明显了。在路边摆摊会阻碍车，退往人行道则碍人。没有了模糊地带，摊贩无立足之地，问题自行解决。

人气易散不易聚。重走老路，我无法跟人说，这里有一个市场。人们生活依然方便，超市、药店、面包房、银行、钱大妈、水果店、照相馆，一个挨着一个，方圆几百米内可解决基本生活。有时候也会突然冒出个念头：那些卖菜维生的人去哪儿了？

上品砂锅粥倒闭后，很多人都很吃惊。初抵此地时，朋友请我在这里吃了第一顿饭，仿佛在我身体里做了记号。此后有外地朋友来，我都带到这里吃饭。典型粤式食物，主打的砂锅粥，放几片肉就是瘦肉粥，放半只鸡就是鸡粥，另有鸽子、甲鱼、青虾等种类。所有配料都讲究个"鲜"。判断"青虾"之鲜尤其简单，看锅中虾是否弯曲——弓腰越深越鲜活，若软而直，说明下锅前已死去多时。妻子闺蜜张雪自北京来，她长得白净，粗门大嗓，说在香港看到的楼都像纸片，不如北方的楼敦实。我们跟她讲砂锅粥的种类和用法，她心不在焉，只管说话。另一周末，我们五个老友抽风一样在上品砂锅粥宵夜，边吃边斗地主。直到天蒙蒙亮，有人进来点早餐，我们才撤。事后讲起，五人都觉得好笑。过些时日，同一地点开了一个客家菜连锁店。深圳客家饭馆颇多，特色菜有猪肉汤（瘦肉切块煮汤，放了胡椒粉，口感稍辣，喝几口发发汗，开胃）、酿豆腐（把猪肉放在豆腐块里面煮熟，有时读作"让豆腐"）、油炸小河虾（约寸长，通红，鲜嫩，有时会放几根韭菜在里面，似画蛇添足，适合下酒）。此代彼，可长命乎？拭目以待。

庄边路上，一排平房，全是饭店。"河南人家"生意最好，牛大骨很棒，一盘端上来，一人一根，啃半天。旁边一个名为"野生鱼"的饭店，我去吃过两次，铁锅里现炖着鱼，随点随吃，味道不错，价格较高，客人极少。这样的客流量如何保证利润？一朋友悄悄告诉我，老板是做大生意的，开这个饭店纯粹是玩，主要是招待自己的客户。如今平房已全部扒掉圈起来，准备盖一个巨大的居民小区。土地平整了好几年，还没什么动静。

消失的路边摊，首数甘蔗汁。岭南冬日是甘蔗季，一捆捆、一车车甘蔗，黑皮青叶，滑润坚实，摊主替削皮。即便如此，咬来仍费牙，但贪其甜，不得不买。当年曾有鲜榨甘蔗汁者，一台简单的压榨机，置入整根甘蔗，青色汁水自管中淌出，一小瓶不过五六块钱，饮之清甜。持续数年，生意均不坏。忽一日，新闻爆出压榨机下实为一塑料桶，内装沟边舀出的脏水，兑一点甘蔗汁。一夜之间，摊贩销声匿迹，再没出现。原本是好好一门生意，贵点又何妨，每瓶卖至十元，保证利润，消费者亦可食安。如今，摊贩无生意做，食客只能笨拙地啃咬。人类千万不要比赛谁更聪明，结果往往是把自己逼得返祖。

还有季节性、一次性的瓜果摊，有榴莲、西瓜、倭瓜、大枣、核桃、山药等。偶尔分立锦花路两侧。路东边归新安街道管，西边归西乡街道管。新安街道的城管来了，摊贩就挪到西边去；西乡街道的城管来了，摊贩就跑到东边去。两个街道的城管极小概率同时来，所以城管就和摊贩玩猫捉老鼠的游戏。互相看着，笑嘻嘻的。逢年过节或下雨时，我都要多买一点，不需要也买，这样他们可以早点回家。

消失的店铺更多。商业过剩，早有迹象。十多年前某一天，走进紧靠西乡大道的一家超市，朋友言其将倒闭。零零星星几个店员，目光呆滞，看我们进去，视若无睹。深圳的服务口碑极佳，如此态度，说明心事重，顾不过来。

两家"人人乐"也关门了。前者位于建安路与流塘路交会处，改换门庭日久，能记起它的人已经不多。该超市乃深圳本土品牌（不知为何，本土品牌名字多土气：有一种香烟叫"好日子"，有个家具城叫"松宝大"，即"松宝大家具城"，常常被人理解为一个叫"松宝"的大家具城）。后者位于锦花路，离我家近。逢年过节一定去逛一下，感受里面热闹的节日氛围。二楼入门处，五颜六色一大片壮观的糖果，令我求糖果而不得的童年阴影凸显。一楼则租给了一些零售商，上二楼超市需在一楼绕过一个个覆盖着商品的玻璃罩。溜边儿有一卖皮带的，我差不多每年从那里换一条。不贵，年年都系新的。还有好大一块场地租给一个儿童游乐场，游乐设施全部由充气垫制成，有蹦蹦床、滑梯等，一进门就被尖锐的童音覆盖。周围店铺店员没事就津津有味地看孩子们游乐。超市在疫情期间倒闭，空旷的地盘上只有兄弟两人开了个剪头摊位。以前我常去美发店，享受按头、敷面膜、揉肩、敲背等附加服务，全套下来，一两百元。后来头发越来越少，就想简单剪一下得了。兄弟二人手艺好，用喷壶稍微喷点水，喊吃咔嚓，十几块钱，走人。

自父亲去逝后，我就开始掉头发，自己能明显感觉出来。幼时一直以头发乌黑浓密而自豪，到深圳后，曾一人独居一年半，那时妻子、孩子还在东北。那时起，头发陆续变白。人这一辈子会经历很多事，每个事件在身上留一点痕迹，有的显眼，有的浅淡。最后，人就被这一个个事件消化了。

如今，这个"人人乐"已成往事。

还倒闭了一家影院。哦，不是一家，是两家。同一个地方的两家。最先叫17.5影院，从我家下楼，步行约三百米，进影院，买票，加上等电梯的时间不会超过五分钟。于此曾首看《西游降魔篇》。妻子非常满意，每次散步走到门前，都会轻声感慨，多方便啊。约一年后，影院易主，更名为万豪巨幕影城，里面的配置没什么变化。暗自疑惑，前业主干不好，后业主就能？包场看过一个动画片（满场只有夫妻两人），名字忘了。那次票价三十五块钱，又加买了一瓶水，一向反对我在影院里吃喝的老婆都没吱声。这纯属道义支持，担心它挺不住。但后来，它还是没挺住。

这样的结果，一定不在那些事物萌发时的计划内。但如同人的生老病死，谁又能逃脱这个结果。当事人比我这个旁观者更失落，更能感受到其中的痛和无奈。当然，也可能很超然。子非鱼，焉知鱼之悲喜。

而在我一个人的世界里，每一个小事物的结束都有一种时代结束之凄惨、之伤感。一度以为自己还年轻，现在却眼看着一个个亲人、朋友离去，无能为力。当初打交道的一些人，强悍、生命力旺盛，感觉他们一辈子都不会死。我伸出手，抓到一把空气。

此消彼生。

前进路和新安四路交会处，曾有两块几乎挨着的空地，搭着脚手架。而现在，两个商业综合体完整地立在那里。一个叫流塘阳光大厦，是一个正常的中等商业综合体。另一个叫"宝立方"，修成元宝样式，建设时还打了个标语，"北有水立方，南有宝立方"。2008年北京奥运会刚结束，水立方三字如日中天。暗笑，这热度蹭的。宝立方里面生意不错，去晚了找不到平面车位，只好停在立体停车位上。有点畏惧立体停车，太窄，把车开上去需小心翼翼，叫车下来时也很麻烦。但我隐隐预感将来一定有提高效率的办法。只要社会安定，经济稳定，技术就会逐渐改进，此乃大势。当下是 2021 年，想象十年前，没有手机支付，没有朋友圈，是什么境况？

流塘路上的饭店也是开了关，关了开。就像一闪一闪的镜头，黑白不断播放，最近两年突然定格，凑近一看，两家均为"羊汤烩面"。四个字前面有小小的标识做区分，一是"郝记"，一是"老孙家"。吃过一次，河南风味，客人和服务员说话都是"中不中""中"，还听到有人笑骂"龟孙"。两个店铺中，其中一家生意特别好，午饭和晚饭时间进进出出都是人，翻桌率高。另一家相对惨淡些，在这边等得不耐烦的人，有时也到那边去点菜。我暗疑两家饭店是否一个老板。貌似给了你选择的机会，但无论选哪个，都是老板赢。

大超市陆续关掉的同时，小超市开起来。七十三区把头处开了个超市，又是俗气的名字：美家福，只有一楼。天黑后，里面人头攒动。同样是超市，它和倒闭的超市有什么不同呢？想来，一是地点，相距几百米，人气便不一样。二是商品定位，看着细微，其实天壤。如定价，如品质，低了不行，高了也不行，需恰好挠到附近消费者的痒痒肉上。这个超市里无太贵的东西，很多杂牌啤酒，价格低，还经常搞打折营销。我夹在人流中，找到了货架上的德惠大曲。德惠乃吉林省会长春下辖的一个县级市。吾居长春十八载，知道此酒市场份额不大，后发现在深圳却卖得很好，几成东北酒的代表。买了几瓶，典型的东北味儿，可稍微抚慰一下已形成多年的口感。想起一件事，在长春时，有一次和二人转演员孙小宝聊天，问他：你录制的碟片在哪里卖得最好？本以为答案是沈阳、哈尔滨之类，谁知他斩钉截铁地说，主要在广州和深圳销售。东北人大量南迁，为北方产品创造了南方市场。世间并无绝对的割裂。血筋拉着骨头走，皆不过"此一时也彼一时也"。

还有新开张的影院，最近的一家位于锦花路和新安四路交会处，紧挨盒马鲜生宝安店，文艺装修风格，隔音效果不佳，貌似只有一个放映室，因屋子不大，空气不怎么好。初以为这么个性的影院总该放些特别的电影，看排片，皆大路货。好在选择日多。我和妻子算了一下，方圆一两公里内，步行十五分钟，现有七家影院，各自定位不同，大小不同，给我们提供了足够的选项。

深圳这么多人，总是要消费的，一个个在路上飞奔的快递小哥、外卖员，可以理解为售货员的变身。以前在柜台后面守株待兔，现在是主动凑过去，送货上门。有的改成功了，有的越改越糟。前进路上一家饭店，隔一年半载就换一次名，甚至连主打都换了，鄂菜变粤菜，粤菜变东北菜。进去一看，老板还是那个胖乎乎的中年男子。

后来终于彻底消失了。

四、貌似坚硬的事物，请再坐一会儿

另一些事物，似乎永远在那里，和我一样长了皱纹，就是不走。它们显得比我年轻些。

宝安新村小区门口有一水果店，我专门写过一首诗来描述它。全文抄录：

新年快乐

优鲜果园。深圳著名水果销售连锁店的山寨版。
漂泊的我，每天下班从门口经过。
买过一次香蕉，

再路过时，店主小夫妻同时打招呼：
大哥，下班了。
或者，大哥，去上班。
或者，大哥，吃饭了。
下一次，买山竹，闲聊三分钟。
女店主说她爱好文学，向我借书。
我拣出《打工文学》合订本赠她。
小夫妻要送我水果，我拒绝了。
某一天，见女店主坐在塑料凳子上，
读那本厚厚的书。

在附近小区买房以后，
再没买过他家水果。
偶尔全家散步到宝安公园，
水果店是必经之路。
店主还是打招呼，像朋友一样。
这是你家小妹吧，好漂亮。
下一次感叹，
你家小妹长高了。

清晨凉风拂面，
小夫妻骑电动自行车进货，
人潮之中迎面看见，
立即停下向我问好。
箱子挂在后座上，颤颤巍巍。

昨日外出办事，途经优鲜果园，

忽然想去买些水果，却见大门紧闭。

黄纸上兴高采烈地写着："回家过年。"

我无缘无故笑了，

脱口说了一句：新年快乐。

2017 年 1 月 21 日

后来，妻子看到一个新闻，说流塘路上一个水果店主把摊位摆到外面，城管制止，小伙子跟城管动粗，被拘留几天。按地址和内容核对，猜测主人公即是这个店主。我们都有点吃惊，小伙子文质彬彬，跟客人说话慢声细语的。或许对管理者天生抵触吧。深圳的城管总体还是不错的。有段时间严查饭店占道经营，就在晚饭时把饭店门口非人行道部分的空地划给饭店使用，并用花盆之类的隔开，饭店扩大了临时经营面积，也不影响行人。再严格执法时，请一些女执法队员，站在饭店门口，不说话，相当于柔性阻挡。小伙或是与城管言语不和，冲动而为吧。偶见一个长得好看的小女孩在水果店进进出出，问起，乃店主的孩子。听说他们已有三孩。

还有一个名为"小锅小灶"的常德钵子菜，旁边的店铺前后换了好几茬，它如水中石头，被时间遗忘在那里。其名字和标识实在不显眼，天天从那里过，从没注意到。一天下午，猛然抬头，见到小锅小灶，想它怎么还在，为什么总是人头攒动，有什么经营诀窍。对其无爱无恨无感，却多了几眼打量。十多年间，只去吃过一次，点了石锅鱼、腊肉炒野芹菜、雪里蕻。深圳的湘菜馆极多，这一家到底有多好，我是外行，说不出。几年间，它悄悄扩大了规模，兼并了周围店铺。

宝安公园西门门口，两棵大榕树下，有一客家擂茶饭，也是看惯身边变换大王旗。广东的汉族居民一般分三大民系：广府、潮汕和客家民系。广府民系主要分布在广州、佛山、中山以及粤西南。潮汕民系主要分布在汕头、潮州、揭阳、揭西等地。饮食上，潮汕人最具个性，他领你去吃饭，几乎一律到潮州菜馆，捧场意识强烈。潮汕人开茶叶店，刚开始也全是做同乡生意。同乡购买服务，不要求打折，只要求货真质高。卖方也没有白送的概念，谁来都得付钱，除非"我请客"。潮汕人做生意成功，一半原因是同乡捧起来的。客家民系主要分布在梅州、河源、惠州等地。这家客家擂茶饭，却又来自揭西，混杂之中分别自称正宗，无须详细追究。其主打的擂茶饭，直接点说就是汤泡饭。一碗绿色的汁水（擂茶），一碗米饭，冲泡，可稀可稠；煮黄豆拌小虾、几乎切碎的豆角、萝卜干、花生各一小碟，据自己需要加入。可再点一份"粄"，类似蒸饺，米浆做皮，近乎透明，素馅为主，可以看到里面的白菜、萝卜、韭菜等。客家人祖上皆在中原，粄乃因地制宜之一例。炎热夏日，两人对坐于树下，一份擂茶饭、一份粄、一支冰啤酒，怎一个爽字了得。有朋自北方来，必带其来品尝一番。

天骄世家小区楼下，有一个"大秦岭老碗面"，专营陕西面。吾去陕西出差两次，打车时，司机都说现在西安那几家游客众多的店并不正宗，可以去小巷子里找。他们还告诉我简餐标配：一个肉夹馍，一碗凉皮，一罐冰峰汽水。最后一个最不可或缺。口感不错，橘子汁而已。有一晋东南的朋友，与我同住一个小区，他发朋友圈称，该店的红豆粥是深圳最好，没有之一。晋东南乃山西人，偏执的面食爱好者，走遍深圳大街小巷，寻找、品评面食，若发现一处"宝地"，即呼朋唤友前去饕餮。吾对此略持怀疑。比如这家陕西饭馆，刚开始做的肉夹馍，脆、香、筋道，后来居然做成酥皮。屡次见它食客多多少少，摇摇欲坠，却一直挺到今天。

在永和豆浆点早餐，往往是油条配一小碟酱。在北方，一般是小咸菜，换成酱是降低配料角色，更能衬出油条本味。北方小菜，尤其是北京切成细丝的小咸菜，太好吃了，无意间喧宾夺主了。另有番茄牛肉面，红彤彤的汤汁里，一大块真诚的牛肉。去台湾旅游，在街头吃的牛肉面也是四四方方厚厚实实一大块。暗想，就凭这实在劲儿，生意也能长久做下去。

早茶店也很坚挺。周围几家大酒店和商业综合体里面都有。常去的是御景国际酒店五楼，离得最近。逢年过节或者周末，从早晨七八点到下午一两点，几十张桌子来来去去食客不断。名为早茶，实乃早饭和午饭的综合体，上百个品种可供选择。主打小吃为虾饺、红枣糕、腐皮干蒸、凤爪、蛋挞、椰丝球、豆沙酥等等，至于包子、油条、豆浆等，更不在话下。假日与友人坐在桌前等着上菜，他感慨地说，当下之早茶，茶点大都是半成品配送来，加热上桌，很少店内现做了，去哪个店吃都是同一味道，很少有"哪个店的茶点好吃"一说，大多只是品种多少和服务优劣之分。不同厨师现做真的有差别，可我们实际吃的大都是流水线机器做的同一种产品。食物的体温越来越少了。

锦花路和流塘路上各有一家"狗羊店"，这是雷州半岛的吃法。这么多年，他们的经营方式还没改变。店面门口挂着宰杀后的全身白条狗、白条羊，头是全的，露着牙齿，面目狰狞，店主或是为了证明货真价实，童叟无欺，在我们夫妻看来，太残忍了。每次从那里经过都要刻意转过头去。在东北生活时经常去狗肉馆。生活地域的改变不知触动了我的哪一根弦，来深后再不吃狗肉，且对肚、肠、蹄爪等，都下意识地抵触，只能吃正大光明的肉。来深的第一个冬天，朋友铁哥带我去一家羊肉馆吃饭，他说广东人冬天都吃这个，补一补。调料同样是一小碟见底的酱油或者不辣的"辣酱"，亦是保留原味。

最近几年，进补的频次越来越少。前些年的深圳，冬日湿冷，晚上睡觉还要打开电暖气。最近几年，冬春略无。常见植物炮仗花、木棉等花期都有所提前。不知再过些年，是否东北也可种植木棉？另一标志性气候——"回南天"亦渐渐淡化。每年暮春，天气开始转暖，湿热的空气遇到冷物体，凝结成水珠。屋内墙壁、镜子、物品上都湿淋淋的，摸哪儿都沾一手水。晾晒的衣服几天都不干，身上潮乎乎的难受。北方屋内潮湿，宜开窗风干。这边正相反，非但不能开窗，还要关严，窗缝里塞上报纸和布条，外部的湿热空气进来得越多，屋子里越潮湿。此即"回南天"，持续约半个月时间。近几年，回南天明显减少，甚至没有，直接飘进夏天。欢送其消失，又有点轻悄的不安。宇宙中的地球那么微渺，我们这些更小的人类即便可以"改天换地"又能怎样？

以上，提到的饮食居多，一个人和地方的连接，很多时候还真是靠一个袋状的胃。食物亦可产生爱憎。价值观建设中，有它一份。胃对地域的敏感，犹如嘴唇和皮肤。

流塘路宝安新村门口有一彩票店。有几个人好像住在那里一样，天天都能看见。只要有一个人抽烟，屋子里就显得乌烟瘴气，所以每次进去都被呛一下。没人大声嚷嚷，也很少互相说话，大家自己玩自己的。我经常从那里买彩票。跟我一样坚持买的人不少。平均每天两三元，一年七八百块钱，就当买个希望。最多一次中了二百，平时偶尔中五元、十元。一个小姑娘问我：我们没钱，你比我们强多了，怎么也买？我没回答。我知道每个人都有一颗悬着的心。这么多年，彩票店一动不动地坚守在那里，为多少迷茫的人提供了一个暂栖地。

锦花路的尽头和新安四路交会处，有一个名为"宝生妇产院"的医院。敞开式，没有气派的大门，不高，也不显眼。一般医院门口都人来人往，这里几乎看不到人。有时我和妻子散步到门口，站半天，猜测它的经营模式是什么样的，为何坚持了这么长时间，但我不敢小瞧它。曾经跟着朋友拐弯抹角进入过一些小胡同，外面平淡无奇，进去后别有洞天，浩大有气魄。他们并不喜欢把最好的一面展示给所有人，而是只供自己使用。

该医院定有其生存诀窍。

大家都在路上，一路走一路汗水。这些貌似坚硬的事物，不一定多么坚硬。我的文章写完不久，它们其中一个也许就发生变故了。这变故不可以简单用"好"与"坏"论断，一万个方向有一万种情绪。

每一个事物上都沾着一片记忆。或许是这个人的，或许是那个人的。我记录的这些事物和我发生过关系，偶尔剐蹭着身边的人。

五、他们把城市钉在地面

推　销

小姐，扫一下，
他手里拿着牌子，
牌子上是个硕大的二维码。
女孩快走。他追。
女孩回头瞪一眼。
他沮丧地转身，脸上写满漂泊。
我和他对视一下，
他把牌子掩在身后。
若无其事擦肩而过，
是的，艰难的若无其事。

2018 年 8 月 1 日

我确定，那是一个房产中介。深圳的中介遍地走，过来人对其又爱又恨。爱的是，多年前被忽悠买了房的人，都吃到了城市的发展红利。

买一套便成千万富翁，有两套三套或者更多的，你去算吧。打车时，出租车司机说，他一个老乡卖了深圳的房子，彻底财务自由，回故乡县城过逍遥日子。类似传说，现实中确有其形。恨的是，时常电话骚扰，连你的姓名和详细家庭住址都知道。上来就问，您某某小区的房子卖不卖？不卖。那我这里还有一套很好的房源，价格低，买不买？买卖之间他都有钱赚。那天在路上走，忽然降下大雨，三步并作两步躲进路边一个中介店面。屋内小伙子非常客气，让我们坐下避雨，还端了一杯热茶来。因感动发了个朋友圈。他们把所有人当作潜在客户的思维让社会更和谐，总比横眉立目撵出去要好。饭后散步，晚上八九点钟了，楼下的一排中介店还灯火通明，小伙子、小姑娘们进进出出。里面的人换了一茬又一茬，都穿着雪白的上衣，扎着深色的领带。感觉衣服没换，只是换了张脸而已。

他们的明天一定不能永远是这个样子，调控的洪流随时冲毁看似坚硬的现状。他们逃不掉各种规则的桎梏。回头看，所有的既往，都是野蛮生长。那个阶段，很多人惨痛跌落，很多人因为生机勃勃而充满期待。

庄边村口有一店铺，卖各式现做面饼，其中一种，甜且松软，妻子爱吃。她指点着，让我注意经常坐在店门口的那个头发花白的老太太。她很瘦，走路颤颤巍巍。老板是个中年男人，总会递给老太太一块面饼。伊安静地坐着吃，瘪瘪的嘴巴动作幅度略大。斜射的阳光笼罩着她。我问，老太是老板的亲人吗？妻子说，她问过，老太是个租户，经济条件一般。老板很善良……

饼店斜对面是一个鱼店，店主是夫妻二人，颧骨高，头发乱。还有一个小男孩，约十一二岁，一副怯怯的样子，干起活来却生猛。他躲在店主后面，把顾客选好的鱼一棒敲死，捡起刀来刮鱼鳞，剖开鱼肚掏净，清洗。全套下来，一两分钟。一些顾客就问店主，现在也不是暑假啊，孩子怎么不去上学？店主说，这是自己的侄子。其兄病逝，嫂子改嫁，只留下一个孩子，放在广西老家不放心，所以带出来。自己在深圳无房无户口，一天到晚紧忙活，找不到上学渠道，只好先让孩子在店里帮忙。又过了几个月，孩子忽然不见。答曰，回老家上学去了。爱管闲事的顾客们都有点欣慰。再过半年，孩子重新出现在店里，说是学业跟不上，自动辍学。记不清又过了多长时间，那个简陋的门脸儿兑出去，一家人都消失了。那个孩子可能不知道，尽管不知道他的名字，但不少人都还在问他，关心他。

庄边二路拐角有一超市，敞开式，主打廉价水果蔬菜。冬天橘子上市时，整条街道都飘着好闻的橘子味。该超市门口原先有一修鞋匠，名为修鞋，箱子、衣服拉锁都可以修。第一次在那里补鞋底，收我三十块钱，觉得好贵。他很客气地说，老板啊，已经很便宜啦。听口音，似北方人，到这里也入乡随俗地把顾客称"老板"。后来就习惯了此处的价格。这边的消费观念与北方还是略有差异。买房时，前业主非要把两个精美的大理石茶盘留给我们。我们推辞。前业主说：我这个很贵的，好几千块钱，你们喝茶用得上。而我们一家人喜欢客厅里亮堂，简约。有一天，岳父把楼下收废品的人叫上来，要卖大理石茶盘给他们。人家说：你给我二百块钱我才搬下去。岳父吃惊：怎么，还给你钱？对啊。震撼后，与对方讲价，最后讲到八十元，对方给搬走。看表情，还老大不乐意。楼下有很多二手店。收二手电视，一百块收进来，二百块钱卖出去。深圳流动人口多，今天来，明天走，买新的没必要，买旧的可以随便挑，所以总有生意做，一台洗衣机不过一二百元，用半年，二十块钱卖回去。相当于租用。

后来整理街道秩序，鞋匠没被赶走，换了个更偏僻的墙角继续经营。老客户还能找到他。这更增加了他的归属感。我撞见他，从四十多岁一直到今年将近六十岁。几个固定的中老年男人没事总是坐到他旁边聊天、吸烟。他也有主人的神态。

上川路和前进路交会处，经常出现一对卖艺的老年夫妇。上下班高峰期，男的拉二胡，女的坐在旁边，偶尔整理一下家当：音箱、坐垫、水杯等等。不知他们为何要大包小裹地上街。那老头拉得太难听了，经常跑调，一首《好日子》硬是和《敖包相会》串调。随便一个人只要拉一拉都能拉得比他好听。何况他拉了这么长时间，自己边拉边修正，也应该十分娴熟了。音调优雅一些，不为讨好别人，起码可以取悦一下自己。但他执着于自己的跑调，乐声飘荡在行人和拿小旗的交通志愿者头顶，又半死不活地砸在黄昏的地面。

在锦花路街道拐角，连续几天傍晚见一个年轻歌手弹吉他卖唱，表情忧郁，声音沧桑，似有故事。脚下的音响效果一般，却难掩其投入。扫码打赏后闲谈，邀其有空到办公室聊天。我有私心，都市民谣，万一聊出点东西来，岂不又是一篇文章。几天后他果然来了。言其乃美发师，唱歌不为挣钱，纯闲的。偶尔也和几个朋友一起唱。再聊，则着三不着两，蠢而不萌。

再也没见过他。

前进路上的车流中有两个乞讨者，几乎常年徘徊在固定地方，穿灰色中山装，都胡子拉碴，看不出具体年龄，或五十或六十。一个扮盲人，一个扮辅助者。红灯车停，盲人拿着鸡毛掸子往前车窗上抹几下，也算付出劳动。身上带零钱且心情好的时候，就打开车窗给他们几个钢镚。二人与时俱进，现在经常递过一个印着收款二维码的纸牌。多次碰到他们，深入思考了一下，他们执着于老旧的套路，风吹日晒成本并不低。所为何来？我正面理解为，他们喜欢这种自由，虽受人白眼，但非特定人，归根到底谁也不认识谁。那个鄙视他们的人走开了，鄙视便消失，相当于无鄙视。

还有一个手艺人，夏秋季节现身一棵榕树下。身边整整齐齐摆一堆新鲜秸秆，劈下一条条外皮（熟悉的外皮，幼年吃甜秸秆不小心会划破手和嘴角）。他拿在手中，眼花缭乱一顿神操作，一个翠绿的蝈蝈诞生了，头上还有两根长长的须子，在微风中颤颤巍巍。榕树下正是天骄小学的孩子们放学时的必经之路。那个手艺人一天也能卖出一些。我有时候站在旁边愣愣地看。多年前的农村生活又被他带回来了。没几个人能逃离童年的阴影。

天骄小学的孩子们都穿着统一校服。其他地方上学、放学时也可看到同样场景，若拍下来，相当壮阔。深圳的校服一度被传为最美校服。设计极简单，蓝白相间。有长袖，也有背心和短裤，且短裤不分男女。窃以为，设计谈不上多么亮眼，在于全市统一风格，学生个人之间、学校之间的差异消失了，无法从着装上区分三六九等。平等事大，小处落实。

人真多。夹杂在人流中，跟着别人的节奏，不由得脚步加快。就像那些在超市抢购促销商品的老头老太，两个人也要跑起来。这里的人，常常被别人带着走。

可是，每天打交道的那些人，反而随着洪流消失不见。他们的领带，各种品牌的汽车，桌上茶杯旁边写着名字的牌子，不断张合的嘴，一个个词汇，感觉都是可以复制的。我也是他们中的一员，也在被别人复制。上面提到的这些人，不知道他们的名字，却像钉子一样将这个城市钉在地上。人走了，影还在。晚上，影子被覆盖。白天，又显现出来。

六、行走于凹凸之间

朋友张伟明告诉我，他之所以愿意住在宝安新村，是因为这里挨着宝安公园，可以随时爬山。后来他换了房子，附近还是有个公园。

宝安公园位于广深高速的出口处，实为一座山，名岭下山。附近一个小区，名岭下小区。公园有环山路，遍种绿植，人行其中，浓荫如盖。偶尔漏下一缕阳光，于肩头劈出一道白。岭南的树脸皮厚，耐活。台风来临前，枝叶繁茂的树木经常被砍秃，只剩两三根粗大主干，像是一个人高举着两条胳膊，一动不动。为它担心：这还能活吗？一周后，枝干上长出细密的枝条和鲜嫩欲滴的叶子，仿佛一个人举着两条翠绿的胳膊，还是一动不动。密林里常见"小心蛇、蜂"的标牌，画着卡通的蛇和蜂。马蜂、黄蜂不稀奇，蛇也时不时遇到，越来越见怪不怪。还遇到过鲜艳的蜥蜴，警惕地抬着头，和人对视。直至人类转过头去，蜥蜴才骂骂咧咧地离开。

公园入口处，左右各一大片草坪。周末常常坐满了人，大人发呆，小孩儿乱跑。周边的树上偶尔挂着一两只脱缰的风筝，好几天都掉不下来。

2018年4月29日（周天）下午三点半到四点之间，宝安公园内，我正聚精会神地俯身给路边一朵花拍照。忽然耳边"啊"的一声大叫，耳膜嗡嗡作响，吓得身子一抖，转身一看，一个十来岁的小男孩已经迅速跑开了。那是两个中年妇女带着两个小男孩，看我愤怒的样子，对小男孩说：你这样不对，你跟人家认识吗，就去吓唬人家？懒得与其计较，继续沿着自己的路往回走。几天过去，耳膜极度不适，听力下降。

企龙山和宝安公园仅隔着一条西乡大道。深圳的公园，大多依山而建，修一条环山路，种点花草，即一公园。山多，是造物主对深圳的恩赐。爬山已成深圳人最重要的休闲方式之一。一是锻炼身体，二是路上风景不枯燥，因为名人轶事和人文传承少，干脆就以风景论风景，今人照样可以赋予其血肉，发扬之，光大之，将来某一天，脸上也会贴满令人望而生畏的皱纹。

企龙山脚下有两小区，一名中粮澜山，一名御龙居。山旁有河，名西乡河，辗转注入珠江口。正门登山口有一片农家采摘园，里面种着茄子、辣椒、丝瓜、草莓等，亦有黄皮、木瓜、香蕉等岭南特有水果。这是受保护的永久基本农田。秋冬正是采摘季，周末常见游人弯着腰在那里采摘，还有的大开大合地仰俯拍照。山腰处，可见一大片荔枝林。向下俯瞰，还真有红嘟嘟的荔枝挂在上面。凑近了闻，一股淡淡的香甜。对妻子说，从未见人采摘，荔枝季很快就会过去，替他们着急。妻答，一斤也不过几块钱，雇人摘下来卖，都不一定够本。不止此处，蛇口的四海公园、南山的荔香公园、福田的荔枝公园、深圳大学校内，都有大片的荔枝林，这些荔枝林如一抹浮云，让城市增添了一点点野韵。

新鲜出炉的企龙山公园有一缺点，路边无大树，虽植各色花朵，仍很晒。有一天在山道上行走，手中持一把纸扇，边扇边想：若无空调和电扇，现在的岭南，仍然是可以发配罪民的烟瘴之地。在该公园遭遇过一场迅疾的雨，无处躲避，浑身湿透。关于下雨的一个题外话。我开车出行，旁边的汽车高速驶过，溅了好多泥点子在我的车上。晚上电闪雷鸣，暴雨倾盆，心想，好了，不用洗车了。第二日晨，车身湿漉漉的。晾干后，泥点子更清晰地显现出来。其后几天，经常下雨，或大或小，泥点子一直在那里。这是什么操作？

另一个双胞胎山峦，一名大井山，一名尖岗山，共用"尖岗山公园"之名，隔着广深高速和宝安公园遥遥相望。大井上有一环山路，平缓，适合老年人。尖岗山的登山长梯名竞云栈道，砖红色台阶，每五十阶一计数，颇陡，从最下一阶行至山顶约半小时。有人步履轻盈，边走边哼唱。吾与妻子则大汗淋漓，喘息不定。途中有一小亭，路牌上分别写着"紫薇幽径"和"子规幽径"，想起此公园当初曾重金向全国公开征集路名，吾亦为评审委员，对此名投下赞成票。山顶有两庙，均半间屋大小，蓝字门楣，一曰"流水大王"，一曰"通天大王"，似祈雨或防洪所用。远眺，遥遥可见大南山、平峦山等，楼宇森然，大团大团的白云堆积在空中。胳膊若能加长，当伸手轻轻抚摸一下。

有消息说，以后要建空中走廊，把这些山岭公园全部连接在一起。站在山上，平视其他山头，才深刻认识到自己一直生活在凹凸之间。平日行走在夹缝里，并不觉得逼仄。道路是通畅的，视野是开阔的，心头是自信的。感慨，这些山峦的另一种命运是没有变成公园。若无今日的繁华深圳，我只能在这里的原始河流和山川之间散步。更也许，我们这些人来都不会来，深圳的奇迹造就了我们这些人的命运更改。

流塘公园乃一极小山包，被四周的楼房和道路包裹起来。村史中留下的孤证显示，此山曾名富足山。公园正门对着前进路，需拾级而上，台阶颇陡，两排台阶中间，用大理石板修了光滑的斜坡，很多孩子从上往下滑，前面的孩子刚滑一半，后面的孩子就跟上了，家长坐在旁边刷手机或者聊天，似乎一点都不觉得这有什么危险。

御景国际酒店五楼有一空中走廊，可直抵公园。应是方便客人来此散步。走一圈不过十几分钟。里面还有一条条岔路，环环相扣，若都逛遍，也得半个小时。整个公园树木密集，蚊子多，走一会儿就赚红包若干。有几个老人经常鼓乐齐鸣地在那里唱20世纪六七十年代的歌曲。连爱闲逛的岳父岳母都说不喜欢这种地方。我的成见则是因为洗手间太脏，已到让人无处落脚的地步。后来维修整理，跟其他公园一样，放置了厕纸和洗手液，也有人天天清扫。但前几次留下的印象太深，"脏"这个字三五年内在我脑子里都走不出来了。

孤证还提到，在富足山可以远望海边。我试了多次，只看到一栋栋楼房。围海造地，平地抠饼，人类的居住地不间断地向大海拓展。宝安中心区那么多小区和写字楼，都是站在原先的海滩上。鱼虾鳖蟹的尸体半夜要起来啮咬高楼的脚丫子吧？

紧邻着流塘公园和御景国际酒店有一个教堂，顶上高高的十字架，几与山齐。站在流塘公园的小路上，可见其窗。偶尔一些中老年信徒成群结队从里面走出来。距其两三公里处，隔着广深高速路，另有一个教堂。友人王熙远的女儿在那里办的婚礼，我们几个朋友参与观礼，赞美诗响起时，心灵顿时安静下来。深圳面向大海，接触西方文化较早，不免受其影响。此为一例。

……

七、我站在远处

前进路下面正在修地铁，这条主干道被挖得鼻子不是鼻子脸不是脸。开车行走其上，如同关云长过五关斩六将。作为宝安老城区、深圳人口最密集的地方，此处早就该有一条地铁。对当下的行路难，虽有怨言，更多的是期待。沿线百万人口都将因此受益，但是，他们的榕树丢失了。

那些巨大的树木从流塘派出所一直流淌到创业二路，一年到头的绿色，遮住了头顶的绿色，像城市中的森林，多么热的天气都不用担心。它们一夜之间都被挪走了，连个招呼都不打。由此，很多犹抱琵琶半遮面的建筑，裸体一般站在我面前。我不好意思，它也不好意思。

那些树像放逐的孩子，在另一个园林里扎根、老去，等地铁修好，也回不来了，与此处再无关联。城市的现代化过程，容许感伤，却无法走回头路。

我站在远处，打量流塘的时候，看到另一个我。他走过的路，那么低微那么琐碎。我对他的悲辛并无同感。尽管我刻意低下头去，接近他的皮肤，感受他的体温，但仍然感觉夹生。现在的我，是离开的我，即使重走一遍那一条条路，也踩不出同样的脚印了。彼处的我，那个他，已成为没有情感的雕塑，仅剩下歌哭的表情，定格在那里。

每一天都有一个离开的我。

第四辑

往事之墙

　　冬日气温较低的一天。有阳光，体感并不冷。站在宽阔的广场上四处打量，可见临街一个牌楼。横批四个字：大万世居。两边对联：大学家声旧；万民气象新。

　　广场四周是一排排的农民房。边缘处有一儿童游乐场，几个小朋友正跌跌撞撞地跑上跑下打滑梯。所谓农民房，即城中村。与市中心的城中村相比，更疏朗些，不拥挤，也不高，应是为避免遮挡了大万世居的全貌。

　　大万世居乃一围合式建筑。若航拍，可见方方正正的一个极大院落。某种意义上，就是一个村子。村中人都姓曾，有一个共同的祖先。二百多年间，后代在这里出生、长大、离开，同他们饲养的牲畜、鸡鸭，草窠里的小虫，一起过完了酸甜苦辣咸的一生。小虫变成了泥土，鸡鸭留下几根细骨，而离开的人，将自己的气息扔在偌大一个空间里。

　　院落如古代的城墙，一正门，两侧门。此类建筑多成于明清时代，岭南常见，面目亦相似。正门口对一广场，曰禾坪。一个半圆形水塘，曰月池。农耕社会，打粮、储水，两大必备功能齐活了。

　　侧门旁停着几辆汽车，汽车下卧一只公鸡。很傲慢的样子，见有人来，不屑地瞅一眼，继续发呆。

　　斑驳的墙有四五米高，摸上去潮乎乎的，忍不住又摸一下。站在墙根下，眯起一只眼远望，发现已不是一条直线。挺立百年后，高墙似有些懈怠。被不远处的高楼大厦映衬着，墙壁显得低矮、委顿。人立墙下，却依然渺小。高与低，大与小，始终相对而行。墙体上有葫芦形枪眼，外敌来袭，可居高临下射击。再上边有排水瓦。

　　经过雨水侵蚀，墙体上黑黑白白，像一个不断变幻的幕布，图形不一：一片云彩，一个舞蹈者甩出长袖，一头奔跑的牛，一只站起来的狗。心里想着什么，它就像什么。越看越像。墙上紧紧贴着几根枯死的植物细茎，形似巨型的蜈蚣。柳宗元写到岭南时曾有"惊风乱飐芙蓉水，密雨斜侵薜荔墙"之语，该植物即薜荔。

　　绕着这堵贴满了往事的大墙走一圈，大概需要十五分钟。

　　门楣上"大万世居"四个大字，四只眼睛一样盯着来人。从正门进去，左右两侧的房间一个挨着一个，都已开辟为展览馆。内含大万世居的来历，客家人的漂泊史、繁衍史等。房间和房间之间，有一个门一个门连着，所有的房间都不会独立成篇。若有险情，两侧的门立即打开，进入另外的房间。隐私性较弱，但安全性大增。那脱离了围墙的房间，里面也像迷宫一样。从一个门进去，里边好几个门对着不同的方向。总共三四百个房间，折算下来，可供一二百个家庭一起居住。

　　透过木制窗户，可以闻到房子里边一股古旧的味道。窗户都很小，仅相当于现在的一块窗玻璃，方形，深邃。合理推断，彼时窗户的采光功能并不是最重要，以纸糊窗的年代，开口若太大，会很冷。每一个分院落里都有天井，阳光泼洒下来，于小小的范围里蹦蹦跳跃，最后停稳。人在其中站一会儿，暖暖的，似可见故人站在对面。

　　道路不宽，多以鹅卵石铺地。慢悠悠浏览那一排排房子，有的依然干净整洁，有的已成断壁残垣，长满鬼针草和五色梅。一棵硕大的香蕉树傲立其间，浓绿宽大的叶子忽地伸到路边，扫到行人。一些墙面上贴着"危险，请勿靠近"的警示牌。有的墙上还喷了二维码，我想扫一下。妻子说，别扫，你知道那是干什么用的，万一是骗子呢？

石头砌成的一道深深的排水沟，沿街直行。旧时的生活污水并不多，南方雨多，应是主用于排放雨水，直抵门口的月池中。那碧绿的一汪水，从古至今，放鸭养鱼均宜，或许也可以当作救急的饮用水吧？

大院中，时有鸟鸣声响，浑厚像老年人，偶尔急迫起来，依然有板有眼。一墙之隔，外面的鸟叫有所不同，叽叽喳喳，清脆单纯。

沧桑都被圈在了这一个巨大的院子中。

世居者，世代居住之意。"大万"二字，据称有几个来历。一个形容巨大。《汉书·刘向传》中有"营起邑居，功费大万百余"之语，《汉书·匈奴传下》中则说"费岁以大万计"。大万世居仅墙体就需近五千立方米的泥沙灰石。所用石头重者达数十斤上百斤，均从几里外的大山陂铜锣潭运来。以之概括这所宅院，也算贴切。另，《易经·乾卦·象辞》载"大哉乾元，万物资始，乃统天"，大万有朝气蓬勃、生生不息之意。还一个说法，则是建设时取大门对联"大和保合，万福攸同"头两字，一直沿用至今。亦有说法称，"大万"两字生发于前，嵌字对联跟随在后，先有鸡还是先有蛋已不可考。

很长一段时间内，广东的客家人都喜欢以家族为单位，建这样一个院落，容身更容心。根据个人财力与视野，院落有大有小。房屋的规模随着人口的增长不断扩大，直至恍然一巨室。

依传统分类，广东人有三大民系：潮汕、广府、客家。前二者定居此地也早，堪称土著。"客家"说法乃自谦，其实就是外来户，本为因战乱和饥荒被迫南迁逃难的中原人。对于安土重迁的中国人来讲，这并非美好的历程。彼时的岭南还不是什么好地方，山高水远，荒蛮、瘴气、野兽，令人闻而却步，罪犯多发配于此，苏东坡就曾被贬到今日深圳旁边的惠州。

"客人"们一批又一批来到，自然受到原住民的非难和排挤，冲突不断，只能避居于水土贫瘠的山上。后来逐渐融入，也可以在平缓地带栖身，但胎里带来的戒备还在。高墙大院，聚族而居，便是表现之一。

相关资料中这样介绍大万世居的整体结构：

占地面积2.5万平方米，建筑面积约1.66万平方米。从平面布局来看，大万世居近似矩形，也有人称之为"宝斗"（旧时一种方形赌具），以中轴线为对称轴，形成多层复合结构。通面宽124米，通进深133米，三堂六横四角楼布局。围屋内有祠堂1座、望楼1座、门楼3座、角楼8座，另有一定数量的外围屋、排屋和堂横屋。四角建有炮楼，正面有大门楼。外围有高墙相连，高墙由泥沙、石灰和石块夯筑而成。围墙上有走马廊相通。围屋前后各有一条天街。

"端义公祠"是大万世居的核心区，曾氏家族先祖灵位设于此供后人祭拜。祠堂格局为三进二天井四厢廊，三进又分上中下厅，每排房屋十一间。中厅是当年曾氏族长和元老开会议事的地方，现在还保留有清代中期风格的柱础。

时光流转，烟消云散，依然留存在地面上的事物，皆是故事的证据，建筑尤为大宗。没有它们立此存照，故事再悲壮，也显得虚空。大万世居是深圳最大最具代表性的客家围屋。有这两个"最"字，故事即使不是惊天动地，也颇堪反复玩味。

一个背景：海盗猖獗的元明时期，便有海禁政策，明太祖甚至有"寸板不许下海"之令。清朝初年，为了禁绝郑成功部队的粮饷和物资供给，更加彻底地切断海上经济联系，朝廷下令将福建、广东、浙江、江苏、山东、河北等省沿海及各岛屿的居民内迁三十里至五十里，在沿海一带形成一个无人区。曾有记载：福建某县在迁界的过程之中，两万多人当场被屠杀。政策执行之惨烈可想而知。康熙二十二年（1683年），台湾收复，海禁政策取消，又令百姓回到自己当初的地方。之前的百姓老的老、死的死，不可能全部回来，就号召内地居民迁往沿海，开垦田地。此一时，百姓苦；彼一时，百姓苦。大万世居的先人，就是这外来迁入人流中的一支。

康熙四十二年（1703年），曾简辉、曾简良两兄弟从当时的长乐县（今梅州五华县）迁徙到坪山龙背村开基立村。可以想象，所谓立村，不过是两个人临时搭起的一个简陋住所。他们在岭南的酷热中，阴冷中，台风中，艰难度日。兄弟二人最初在赤坳以烧炭为生，周围的山上，密林深处，虎狼出没，毒蛇穿行。人少兽多，兽不惧人，乃至主动出击。兄弟二人携棍棒在身，亦防不胜防。终有一天，弟弟曾简良为饿虎所噬，待到发现时，仅剩一腿，身后也没留下一儿半女。曾简辉抚腿痛哭，慨叹苍天无眼。

但一路从北闯到南的人，骨子里还是有一股原始的生命力。曾简辉披星戴月，日夜出力，从零开始，购田、开商铺，终于一步步成为富户，此后又多次往返故乡，将五副先人的遗骸移来坪山，择吉地安葬。取骨骸，莫如说是汲取生命的力量。有它们在身边，其牵连的观念与传统便如源泉汩汩，天不旱，便不断。

《坪山风物志》中说，曾简辉生三子：长子元庆、次子元文、三子元恭。元庆、元文留在龙背村，元恭迁至坪山三洋湖村。元恭生四子：长子仁周，迁至坪山石灰陂下屋；次子传周，迁至现大万世居；三子佩周，迁至坪山石灰陂上屋；四子信周，留居三洋湖村。

大万世居的创始人，乃曾简辉的孙子曾传周。根据《大万曾氏重修族谱》的记载，一世祖曾传周年轻时家境贫寒。祖父虽已在本地立足，尚无法保证后世子孙全都坐享其成，此亦非开基者初衷。每个人都要找寻自己新的着力点。

曾传周（字端义，号静轩）也是和祖父一样的传奇人物，能擘画建成这么大一座院落，怎么可能是平庸之辈。

曾传周年轻时靠牧放鸭鹅和给人推独轮车运石灰维持生活。从事最基础的体力劳动，且有了一定的积蓄，可见脑子还是比较活络的。可惜因好赌又散尽家财，逐渐衰落。中国人对拥有一所属于自己的房子，似乎有着穿越千年的执念。所谓安居乐业，安居排在乐业前面。别人的房屋一个个建起来了，自己还住在小棚子里，不免被村民邻居歧视。一个有自尊的人，会正视歧视而非仇视。终一天，因为向亲人借钱被拒，曾传周深感羞辱，决定痛改前非，彻底戒赌。他回到家中，举起镰刀，对准自己右手的拇指一刀下去。此所谓切肤之痛。"男人要对自己狠一点"的说法不知是否源自此处。有人发狠是向恶，有人发狠是向善，方向之偏差，决定了每个人的结果。那个时代，一个无权无势的农民，定无一夜暴富的可能，稳扎稳打，兢兢业业也能换来广田大屋，全拜社会安宁，天高皇帝远，少有敲诈勒索之事。客家人注重农桑和读书，轻视经商，但改变生活状况，更多情况下还是要靠经商。曾传周在坪山、龙岗、淡水等地开办了油糖厂和许多店铺。日积月累，家业有了一定基础之后，开始兴建围屋，名为"大万世居"。

大万世居于乾隆中期奠基，历经数十载，至乾隆五十六年（1791年）终于建成。曾传周携自己的三个夫人和七个子女入住。以后几十年，几代人又陆续拓展维修，依然不改初貌，且能使其丰满，证明一开始就有个整体规划。鼻祖胸有成竹，为后面留余地。仅举一例。祠堂和中楼等建筑的屋脊全用瓦片垂直堆砌而成。据称是恐后人家业败落时，尚可用于修补漏瓦之屋。而继任者都按部就班，一棒接着一棒干。其间若有一两个行动跳脱，我行我素，那就很麻烦。根基的稳重消弭了突发的轻狂。偶然之中有着必然。

民间两句话：其一"三岁看老"，是对犯错的年轻人彻底放弃了。其二"浪子回头金不换"，是对犯错的年轻人还抱希望。二者或为真理的两极，一些时段可以相互转换，但某种意义上讲，后者更具现实指引。当下的例子，我的一个表弟，当年也曾打架赌博，没少让亲人操心。后来一个巨大打击令其幡然醒悟，从此踏实工作，成为一个家族的顶梁柱。曾传周的由衰到盛，不是故事的高潮和终结，而是开始。大万世居修成以后，故事还在延续。虽无正史实录，却有大大小小的碑刻、匾额与楹联存留，这些实实在在的文字记载，言简意赅，携带的故事和价值观至今仍可供后人反刍。仅简单举几例：

"赞政宏才"木制牌匾，阴刻，挂于端义公祠中厅左侧墙壁上。上款残缺，下款为"乾隆五十六年选职员曾端义立"。据族谱记载，曾传周敦厚诚实、仗义疏财。乾隆末年，惠州水患，其携长子曾光斗（曾汗津）积极捐纳赈灾，被朝廷分别诰授儒林郎捐职员和捐监生。有了功名，身份上便高人一等，在彼时彼地确实值得大书特书。

"急公好义"木质赠匾，阳刻，挂于端义公祠中厅右侧墙壁上。据旧谱及口碑资料，曾光斗同乃父一样乐善好施，当地太守曾以"急公好义""惠济桑梓"二匾相赠。可见传周二代已是有头有脸的乡绅，与官府打交道已成日常。

"州司马"木制牌匾，阴刻，挂于端义公祠中厅左侧堂梁上。上款已缺失，下款为"嘉庆八年候选直隶八州曾鸣岐立"。曾鸣岐是曾光斗之长子。曾传周的长子长孙，时为州同知，五品官。"朝为田舍郎，暮登天子堂"，入朝为官，是历代农家子弟的光宗耀祖之事。三代人，呈上升趋势，一步一个台阶，让偌大一个院落根基越来越扎实。

"其旋元吉"石匾，最早位于牌楼正中，外向一面以欧体阳刻"勿替引之"四字，内向一面以欧体阳刻"其旋元吉"四字，篆刻年代不详。"勿替引之"出自《诗经·小雅·楚茨》，意为：希望子孙后代，不要废弃祭礼的法度，要把它承传下去。"其旋元吉"出自《易经》履卦，意为：察看自己的行为，如果符合礼仪，就实践下去，一生大吉。此匾足有百斤重。民国十五年（1926年），一个来访的江西风水先生说，牌楼挡风水，需要拆除。石匾遂下落不明。20世纪六七十年代，突然出现在围屋左前方几十米外的一条水沟上，被人当桥使用。村人熟视无睹。1984年，大万世居被列为文物保护单位，石匾被抬回，置于正大门旁边。一块石匾以自身经历写尽人间冷暖。

……

院落中，此类匾额还有一些，它们像礁石一样，被时间冲刷得越来越光滑，越来越明亮。

客家文化中的聚族而居，表面上是用住宅把大家收拢在一起，内里其实是用文化保护固有的自己，抵御外辱。从当下的北方视角打量客家人，无论服饰、饮食，还是山歌、舞蹈等生活方式，都已遥远而陌生，实际上正是他们，相对完整地封存了多年前的中原文化。起初大家都是客，后来由客而主，已把异乡当故乡，内心里仍有本能的抗拒，尤其体现在以屋围为代表的建筑上，即便繁衍多少代，围墙上仍有一双双警惕的眼睛。

沧桑院落二百多年，对于当下的人已很遥远，但对于时间来说，还是刚刚踩在起跑线上，发令枪尚未响起。有的房子倒下了，有的房子仍站着。倒下的也许用不着修修补补，让它像残骸一样留在那里，日后的风雨会继续雕琢之。

往里走，居然有一个小小的书店，可以坐着喝茶，也可以免费翻翻书，上面的标牌是"坪山城市书房"。墙上一排宋体小字：

物与诗互见光彩时，诗的灵魂会找到自己大自然中的居所，而物，因为有人灵魂的附着，从而得以从瞬息的生死幻灭中通灵恒久起来。

两个女孩儿站在柜台后面轻声聊天。墙边一排已经干枯的细竹，似乎只是死着玩儿，叶片不掉，枝干风吹不动。

还有一个文创中心，里面出售以坪山为内容的纪念品，其中一种是大万世居门楼形状的钥匙扣。掂起来看看，很精致。看店的小女孩与我们聊天，问我们是不是第一次到坪山，附近可玩的地方还有一个文武帝宫。如果吃饭，不远处有一纯客家饭店，名为将军烧鹅。

倏忽，从稍显沉闷的古朴中走到浓烈的烟火气里来了。这些依然活跃的事物，使时光连接起来，接续不断，尽管人为介入的痕迹较重，但这个院落不就是前人在大地上凭空建起来的吗？人为复人为，且看谁更能为、会为。围墙上刻下了每一个时代的密码，至今停不下来。这一代以及上一代的亲历，并不久远，但对于下一代又成陌生景象，它们该有自己的连接方式。

那些逝者，也没完全成为化石，它们还有骨血乃至活力，在烟火气中，影响着子孙们的生活。

围着大万世居转一圈，有人在扫地，沙沙的声音不急不躁。附近一片小树林，番石榴、朱缨花、箣杜鹃、棕榈树、小叶榕、云杉，彼此搀扶着。穿着亲子装的一家三口，正在围墙下的石板路上散步，安静祥和。更远处，是一个蓬勃的人声喧嚣的大万村。那里有超市，有坐在门口喝茶的本地老人，推着三轮收废品的外来人。一个年轻妇女在后面走，前面跑着一条狗，狗嘴里叼着一个快递盒。

他们的生活范围扩大了，延展了，再也不需要围墙和角楼的防御。他们随时可以向外走去，走到看不见尽头的远方。院落在其身后，默不作声。一阵雨淋下来，打湿了砖墙，又记下了这些人的几件事。

　　叽叽喳喳，清脆的鸟鸣在白蝴蝶飞舞的身影中，再度响起来。天空宁静，瓦蓝瓦蓝。

倏忽老街

从乐群到西乡老街

在乐群社区的街路上行走，若是第一次，迷路绝不意外。楼房紧紧贴在一起，道路被它们挤压着，如一条小蛇，慌张地拐来拐去。即使两旁的店门口挂着门牌，也不便指引，几步之内，一会儿是黄屋村，一会儿是徐屋村，一会儿是流仙洞，一会儿又是新乐村，搞得晕头转向。

所谓主道，倒还通透，可以一眼望出很远。如果怀了好奇心，钻进一个小胡同，就要做好原路返回的准备。死胡同太多。我走进走出，看到那被铁丝网围住、墙上赫然写着"此处危险"的老房子，脸上渐渐冒了汗，不是吓的，不是累的，也不是热的，是焦躁。一次次撞到南墙，心里开始发慌。

回到主路，见路边也有更早时间盖成的二层小楼，楼体黑而旧，围墙不足一人高，有精致的镂空花纹，上面却插满玻璃碎片（此为最初的防盗模式）。墙内一棵杨桃树，果实已经变黄，有的落在临时搭建的铁皮房顶上，侧卧于压房的一块块砖头旁，一天天腐烂。

一些车辆一半在路上，一半骑在马路牙子上，难以想象怎么开上去的。盖楼之初，估计也没规划太多停车位，每个地方都见缝插针地停着车。凑近看，很多车窗上都有贴上就再难撕下来的处罚单。一辆小货车上，司机探出头和别人笑嘻嘻地聊天，脸部后方就是一张罚单。

密密麻麻的楼宇间，居然还奢侈地保留着一片大水。早期的原住民，常常聚族而居，盖成围屋，正门整修禾坪，掘地为塘，塘多呈半月形，故称月池。此地围屋与禾坪均已随风飘散，而月池犹在。池水周围全部被栏杆围住，留小门若干，几个人坐在水边钓鱼。池水绿得浓稠，尤其边缘，似被绿藻覆盖。问，里面有鱼吗？信誓旦旦地回答，有。在旁边看了半天，未见钓上一条来。波纹粼粼，恰似一汪寂寞。

一边走一边思绪乱飞。这个地方难见一只动物，蹲下身也不一定寻到一只蚂蚁。人气太盛，有腿有翅膀的，能躲开的都躲开了。

一个身着黄色制服的清洁工，坐在石凳上歇息。他仰着头，身后无墙似有墙，微闭双眼假寐中。不断走过的脚步踩出一段段催眠曲，他几乎要打鼾了。

一个人骑着轻便三轮收废品，没有安电喇叭，全凭一张嘴轻轻地喊：回收电视、冰箱、洗衣机、旧电脑、废旧钢材、电动车、摩托车咪！行驶到清洁工跟前，特意停止了吆喝，脚下也减缓节奏。他和一个货摊手推车擦肩而过，手推车上写着硕大的"烤面筋"。这样的手推车在街道中随处可见。每一辆都对应着一个人。即便未见，亦如已见，一个个身影，游荡在这高楼的阴影中。

小饭馆、美宜佳超市之类的店面，一个挨着一个。店主和店主闲聊的声音并不大，但随风飘来的这句话还是被我捕捉到了：每天工作15个小时，挣不到钱啊。

但你看他们的表情，都极平静。他们成了沉在这喧嚣环境中的石头，无怨言，只是陈述一个事实。时代的大潮随时改变方向，他们处变不惊，最多也不过随波逐一下流。

陌生人在街里走，很容易发现自己与这些人的不同。初来乍到，眼睛里漾满惶惑，沉静的石头们会把他们的衣服剐蹭出一个小口子。

一个网格员从人流中大踏步穿过。他走路的姿势相对自信，左看看右看看，有时抬头 60 度角盯着电线看半天。看到拿着手机拍来拍去的我，或许以为遇到了来暗访的"上级部门"监督员，走路更加夸张了。

乐群社区只是个行政概念，隶属于深圳市宝安区西乡街道，面积并不大，和周围的共乐、西乡、龙珠、龙腾等社区紧紧连在一起。本为踏查乐群社区，走着走着，由此社区进入彼社区而浑然不知。事实上，它们本来就是一个整体，俗称西乡老街，即乐群乃西乡老街不可分割的一部分。

西乡老街的起点为西乡墟，乃新安县（今深圳和香港所在地的旧称）的重要集市。据《深圳十九镇简志》记载，民国时期，西乡墟商贸已非常发达，是谷物等农副产品的集散地，也是外来布匹、棉纱等生活用品的中转站，每天有大批的水客从香港贩运洋货至此，然后再转运到沙井、松岗、公明和常平等地。农耕时代，集市大多依河而建，西乡墟的繁荣亦然，西乡河口的西乡码头乃是其重要支撑。可以说，有了西乡码头，才有了西乡墟；有了西乡墟，才有了地域越来越拓展、名声越来越大的西乡老街。

改革开放后，西乡老街上相继盖起了西乡楼、荣华大酒楼、西河饭店等标志性建筑，另有服装店、理发店、饭馆、商场等。其时，深圳尚分关内与关外。关内的人出来容易，关外的人进关则需要各种证件，颇费周折。关外工厂里云集了来自各地的无数打工者，周末时工人们常去西乡老街盘桓。西乡老街的繁华程度，一度超过关内的东门。多年以后，最初来深的打工人开始集体变老，他们带着子女重游西乡老街，当年的西乡码头已然消失，林立的新屋换旧屋，曾经的喧嚣换成不温不火的节奏，即使什么都不说，心里也会泛起一丝涟漪吧？

三座建筑两个人

月池水畔，有一座郑氏宗祠。门口立一石碑，上书："宝安区第四批不可移动文物，宝安区文物管理委员会，二〇一〇年七月十五日公布，宝安区文物管理所二〇一一年十二月立。"资料显示，此建筑由当地巨商郑姚倡议修成，始建于清光绪四年（1878 年），三开间三进两天井，由前中后三堂、四廊房及一跨院组成，墙体为花岗岩墙基，清水砖外墙，梁架为抬梁式。

进得门来，一面墙上罗列着 1999 年重修祠堂时的捐款名单，均姓郑，另有《一德楼记》，详述重修原委，为祠堂取名为"一德楼"，并声明"一德楼乃族人共有产业，其一切收益均作联谊及公益之用"。事实上，这种祠堂像岭南多数祠堂一样，基本成了本地居民聚会和休闲之地。天气晴好的时候，常常看到有人坐在墙边发呆，有人围坐桌前打牌。

郑氏乃近代西乡墟上的大姓。尤其郑姚，捐资修建坑洼不平的西乡墟正街，清理西乡河道中的淤泥，加高河堤以防水患，在民穷官窘的时代，其出手之大方，曾轰动一时。当地族人口口相传的一个细节是，某地遭灾，郑姚捐出的粮食和物资装满九条大船，浩浩荡荡地开往灾区，观者如堵。朝廷得知后，赏赐他顶戴花翎。

距离郑氏宗祠几百米处，便是著名的绮云书室。《深圳文物志》中载，该书室功亦在郑姚，于光绪十一年（1885 年）建立，专供宗族子弟读书。这是深圳历史上最大的私人书室，占地面积 3000 多平方米，建筑群规模宏大，包括大门、围墙、前殿、中殿、后殿、明楼、花园、金鱼厅等，目前仅保留部分建筑。

同其他古建筑一样，绮云书室也在时代潮流中起伏跌宕，一会儿颠上浪尖，一会儿跌入深谷。1925 年，宝安县第二区在绮云书室成立农民协会；1938 年 10 月 12 日，日军在大亚湾登陆，进驻西乡的日军，将队部设在绮云书室。书室内家私遭破坏，被当柴烧；1954 年，西乡乡公所筹建粮所，向郑家借用绮云书室做粮仓；1962 年，粮所扩建粮仓，将主殿两个天井加盖瓦顶，并拆毁部分建筑；1986 年，在中国台湾地区居住的郑姚后裔，携着中华人民共和国成立前带走的绮云书室房契，回乡要求政府归还祖屋；1989 年，绮云书室产权归还给郑氏家族；2005 年 1 月，由西乡街道办出资 170 万元将绮云书室收为国有，并交由西乡第二小学（现深圳市宝安区西乡小学）保护、管理并适当使用。

由郑氏宗祠和绮云书室引出的这个人，并非郑姚，而是他的孙女郑毓秀。今天的西乡小学院内，尚存一座由郑氏后人捐资竖立的郑毓秀塑像。

郑毓秀，1891 年 3 月 20 日生于西乡屋下村，即今日的乐群社区。郑毓秀在书中回忆幼时在绮云书室读书的经历："我们郑氏家族的女孩都在一起上课。家里专门请了个私塾先生，每天按时来家里授课……私塾先生不仅教我们'描红'，还要求女弟子们熟记硬背孔夫子、孟夫子的格言。通过这种教育方式，在孩子们心中灌输中国传统道德基本知识。"

乱世中人，身如浮萍，而郑毓秀却是浪尖上的一位奇女子。其父郑文治，在清政府户部任职。郑毓秀自幼随父母辗转广州、北京、天津等地，后赴日本留学，经廖仲恺介绍加入中国同盟。辛亥革命成功后，郑毓秀赴法国留学。1919 年 1 月巴黎和会期间，郑毓秀被任命为中国代表团成员，担任联络和发布新闻工作。作为留学生的重要领袖，郑毓秀率领数百名青年和工人包围了中国代表下榻地，迫使代表未去凡尔赛宫签字，使中国保留了收回山东的权利。

1924 年，郑毓秀获得巴黎大学博士学位。1926 年，郑毓秀回国，与同学魏道明博士在上海法租界开设律师所，成为中国第一位女律师。1927 年春，魏道明任司法部秘书长，同年 8 月，郑毓秀和魏道明结婚。

之后，郑毓秀被任命为上海法政大学校长，将自己所著的《国际联盟概况》和《中国比较宪法》作为学生的教科书，培养了不少法律人才。

1929 年，郑毓秀被推为民法起草委员会五委员之一，与几位专家共同拟定了《中华民国民法》五编。她本着法国大革命人权宣言"人人生而平等"的理念，在《中华民国民法》条款中，确立了未婚、已婚女子与男子同享平等的继承权，承认夫妻彼此有继承遗产的权利，规定家庭中未婚成年女子有权签订或废止婚姻契约，已婚妇女有保留自己的姓氏、不冠夫姓的权利等，并通过法律把男女平等、普及教育、一夫一妻等民国妇女解放的新观念在《中华民国民法》草案上得到落实。

1959 年 12 月 16 日，郑毓秀病逝于美国洛杉矶，终年 68 岁。

郑氏宗祠里的牌匾，绮云书室里的课桌，都见证过这位对中国法制作出过巨大贡献的奇女子的起点。砖瓦不会行走，无法跟着郑毓秀走南闯北。它们一天又一天地驻留此处，期待着远行的灵魂在某一天回归故地。

如果说屋下村中是先有祠堂和书室，后孕育奇人，几百米外真理街上的王大中丞祠，则是先有奇人，后有祠堂。这位奇人，就是王来任。

王来任是康熙年间的广东巡抚（约等于今天的省长）。清代各省巡抚例兼右都御史（中丞），因此巡抚也称中丞。被后人尊崇祭拜，皆因他曾造福本地。

这里有一个背景：清朝初年，为了禁绝郑成功部队的粮饷和物资供给，朝廷下令将福建、广东、浙江、江苏、山东等省沿海及各岛屿的居民内迁三十里至五十里，在沿海一带形成一个无人区。时人黄居石曾有长诗《徙村行》，其中写到："惊看村前一旗立，迫于王令催徙急。携妻负子出门行，旷野相对啜其泣。孰无坟墓孰无居，故土一旦成丘圩。此身播迁不自保，安望他乡复聚庐。"史载，康熙六年（1667 年），因为难民逃离，新安县人口和土地只剩三分之一，无法维持正常运转，知县张璞分别给广东总督衙门和巡抚衙门打了报告，请求并入东莞县，上级批准，新安县消失了。

时任广东巡抚王来任经过查访民情，认为政策有调整的必要，他先后写过两个奏疏，第一个被称为《展界复乡疏》，提了三条意见：其一，把粤东农民、渔民赶走，大片土地上没人种植庄稼，渔猎晒盐，也收不上来粮米和税赋，影响军需供应；其二，边民本是海防的重要部分，遇事报警，抵抗以待援军，今将村庄变成废墟，盗匪乘虚而入，反开盗路；其三，无恒产者无恒心，平民丢家失业，老弱辗转，真苦。要之，"幸际圣明普照，及逃亡之民，雨泽回枯槁之春，千载一时，不得不披沥冒渎也。如臣言可采，仰祈敕部速行，庶哀鸿有哺，毋致遗疑。臣不胜屏营待命之至"。

海禁是基本国策，刚开始没几年就否定之，令人不爽。康熙六年（1667年）十一月，王来任被革职，时任两广总督也受了牵连，同时去职。此时王来任已重病缠身，干脆又写了一封奏疏，续提三点建议，其中一点是继续谈"展界"。这一封奏疏还没送到庙堂之上，王来任就去世了。随后派来的两广总督周有德见到这篇文字，深以为然，连同自己相似内容的奏疏一起送到朝廷，希望朝廷重视。朝廷派员赴粤查看，最终同意了展界复乡的建议，于1869年正式施行。新安县也得以恢复。

王来任的被革职，让他的去世多了一份悲情，民间传说中甚至以"尸谏"来形容这件事。作为封疆大吏，王来任自然不敢犯上，但他确实做到了从实际出发，为民请命。在他死后，岭南一带多处为其建祠堂，现在硕果仅存的几座，其中一座在江门，一座在香港新界锦田，最大的一座就是位于西乡老街的王大中丞祠。

王大中丞祠旁边的两条街路，一名真理街，一名巡抚街。这两个名字颇有意味，后者是王来任的官衔，前者则像是一个简单明了的注释：

官员为民，即是真理。

新安县展界复乡之时，当地乡民已被折腾多年，迁移者有的已死，有些在异地安家，不愿意再折腾，总之，实际搬回来的并没有想象的多，官府只能招徕梅州、惠东等地穷苦农民。那些地方的客家人地亩稀少，生活艰难，愿意在这里重新安家，找个活路。岭南一带，历来是流放犯人的烟瘴之地，位于话语中心和权力中心地带的人们，鲜少关注这里。多年来，这里的人一直自生自灭，出现一个愿意为他们拼死请命的王来任，真如黑暗中的一点烛火，长久地照亮了他们。

当年被贬官到潮州的韩愈，怎么也不会想到自己身后会成为潮汕文化的代名词。同理，一生为官的王来任估计也不会想到自己身后会在深圳市宝安区西乡老街上，成为地标一样的人物。这里的地域文化的涵养，族群的繁衍和发展，自此以后都跟王来任有着千丝万缕的联系。他以命相陪的那两封奏疏，拯救了沿海区域多少乡民，其中西乡居民最感念他，供奉他，这是冥冥之中的缘分。

王大中丞祠始建于清代早期，现在的这座建筑初修于清代晚期。据嘉庆《新安县志·建置略》坛庙系载："王巡抚祠，祀国朝广东巡抚王来任。一在西乡，一在沙头墟，一在石湖墟（今香港新界）。"西乡王大中丞祠为三间三进的祠堂式建筑。穿斗式木构梁架，硬山顶。建筑面积408平方米。建筑物包括头门、前廊、中厅、后厅等，颇为壮观。大门石额上书"王大中丞祠"五个阳文大字，两边石刻对联为：

> 巡粤表孤忠，耿耿丹心，奏牍两章昭史册；
> 抚民留善政，元元赤子，讴思万载仰旂常。

如今的王大中丞祠，是经过三百多年风雨侵蚀，几经改造、修缮的仿古建筑。它最近一次大规模的升级改造是在2018年，如今成了一个展览厅，展陈"海上风云：海盗倭夷屡侵扰""反清复明：陈文豹西乡举旗""禁海迁界：沿海人民遭祸殃""展界复乡：王来任死而后已"及"饮水思源：西乡人知恩图报"五个篇章，展陈文物主要为与清代有关的衣物、兵器等物品。

老街不老，未来还早

西乡老街是一个积满了陈年时光的街区，却并不像那些只供游客瞻仰和怀旧的小镇。仔细打量便会发现，今天这里的一切，不仅延续着过去，而且链接着未来。这是一条时时刷新的老街，深厚的底蕴并非其负担，倒像是它的加速器，催促着它一步步向前走。

乐群社区本名乐群村，1996年从共乐村分出来，内部还包含着原来的徐屋、黄屋、白石、新乐等自然村，如今这些自然村基本只剩下一个名字、一条街路而已，而其"母体"西乡老街也在不断收纳、扩张。这种变化可视为深圳的一个缩影。仅仅十来年间，我亲眼所见，原来的公明镇和光明农场消失了，变成了现在的光明、公明、马田、凤凰、玉塘、新湖六个街道，原来的观澜街道则分成观湖、福城和观澜三个街道……这个城市的人口越来越多，分工越来越细，到处都在做加法和减法，一个社区分成两个，两个社区分成四个，这个社区划归那个街道，那个社区又被谁谁谁合并。它们从一片滩涂到一片稻田，再到一片小区、一个个商场和公园，它们的每一步，都不是天上掉下来的，都回应着整个城市的脚步，踢踏作响。

就像曾经热热闹闹的码头，熙来攘往，人们以为可以驻留多年，孰料迅即消失一样，今天的西乡老街并非终点，仍在不断变化中。目力所及，不远处的一片旧房已被拆完，脚手架每天上上下下，在我有限的想象中，它们有可能与蔓延过来的繁华接壤，并融为一体，也有可能在起起伏伏中陷落，重新回归到稻田和滩涂。它们无法独立于时势之外，甚至来不及随着时光一天天变老，它们的点滴变化始终追随着时势的车辙。

一个个追问下来，这里的每个标志性事物，都是这缩影中的一个。

曾经出入郑氏宗祠和绮云书室的郑毓秀，肉体已然消失，精神却更加鲜明。后来人纪念前人，说到底是纪念其功绩。郑毓秀参与制定中国早期的民法典，倡导的男女平权、婚姻自由等，现在看来稀松平常，但从沿袭了几千年的"三从四德"到今天这一步，以法律的形式定型，成为全社会的共识，并非水到渠成，这个过程中一定要有人不断主动推动，极力鼓与呼。没有什么事是必然，不同的人推动，可能会令事物发生不同甚至截然相反的指向。从这样的意义上，郑毓秀是这个过程中的重要推手，她是不可或缺的。而后人受前人之功，更应面向未来，在其基础上有所开拓。将西乡小学里的郑毓秀塑像视为一个督促者，不亦可乎？

王大中丞祠亦然。这座建筑如今成了本地廉政教育基地，经常有人员组团来参观。我一度产生困惑：王来任确曾为民请命，但这跟廉洁有什么关系？东汉学者王逸在《楚辞·章句》中注释说："不受曰廉，不污曰洁。"即不贪污受贿。实际上，"廉"字还有方正、有棱角之意，延伸为坚持原则，不为私利、私情所困。这就为王来任的两次上书做了准确注脚，也具有了现实意义。前来参观的人，更应学习王来任刚直的一面。另一点，王来任的奏疏，让南粤沿海一带的海禁比其他地方早开了几年，这短短几年，可以视为最早的先行先试。因为位于天涯一隅，试错成本相对较低，从实利角度讲，深圳确是首选之地。改革开放之初在这里建立特区，某种意义上暗合了这种规律，也为以后的再出发开了一个头。深圳的过去和未来，一直都在这里……

冬至上街图

　　一早一晚，这条街就成了流淌着摩托车的河。一辆接一辆的摩托车、电动自行车从两旁的小巷子里源源不断涌出来。或向南，或向北。汽车如水中的礁石，被逆向的两股洪流冲刷着，可怜巴巴，只能一厘米一厘米地往前挪。骑车的人有男有女，有老有少，全部面目清癯、神色沉静。近午始散。街道恢复了相对的安静。

　　此街名沙井大街（俗称沙井老街），位于深圳市宝安区沙井街道。现在看来，"大街"两个字夸张了，街道只四五米宽，仅勉强够两辆车通行。一线城市深圳市的深南大道、北环大道、滨海大道若知道，定会"噗嗤"一下笑出声来。

　　放在20世纪七八十年代（此地还叫作宝安县沙井镇），也确实算一条大街。今日街路，两边店铺林立，仿佛时间凝滞，依然是彼时样式。有肉铺、五金店、杂货店、理发店、搪瓷店、打印社、口腔诊所等。或因房子低矮，老街显得风大，立于街头，有头发飘飘之感，秃头则有突然一凉之感。并不冷，阳光透彻。白皙少女笔直地站着，手持冰淇淋，和跨坐在摩托车上的小伙子聊天。每次经过，都看见旧货店老板躺在靠椅上睡觉，光脚搭着旧沙发的边缘。他睡得太沉了，太香了。依稀听到他的呼噜声，偶尔响起的摩托车鸣笛声为其伴奏。有这个画面，街道便配得上一个"老"字。

　　最南头的入口处，两座二层楼房，中间夹着一个小吃部，极似一个"凹"字。小吃部名"和兴美食店"，楼顶上赫然长出一棵紫荆树。时值冬至，天气却和暖，五瓣儿的紫荆花开得上气不接下气，偶尔一片花瓣飘下来，敲在行人的头上。站在旁边研究了半天：楼上有足够的土地让它长这么高大吗？走近，见小吃部入口，紧贴门竖着一根柱子，用闪闪发亮的金黄布包起来，摸一摸，原来是树干。食客进小吃部，需绕过它。

　　这算和谐共生，还是挤压？没人注意树干。那紫色的花、绿色的叶在空中摇曳，打扮成"我是奇迹"的样子。

　　长不过一两公里的主街上，有几个标志性建筑物。

　　"深圳宝安沙井供销合作社"，一座四层小楼，外墙贴瓷砖，细细打量，其实就是一个小卖店，商品摆放略似三四十年前的样子，比如毛巾均一摞一摞平放于架子上，各种竹编器具、塑料桶、陶瓷直接放地上。地面干净，有一股陈旧的气息。不断有人进来购物，把东西一件一件放到汽车后备箱里，默默开走了。我曾问一位本地人，这样的店面怎么能经营下去。他说，既然能活到现在，就证明有生意做，没被所谓日新月异的变化抛弃。

　　紧挨着供销社，是一个改衣店，改裤脚换拉链。再旁边，一个名为"鸿基饼家"的店铺，主打炒米饼。门口摆放的玻璃瓶子里放着已经做好的炒米饼，圆，小孩手掌大小，黄白色。有老年妇女在认真挑选。

　　还有水产公司的门店，出售各种与蚝有关的产品，蚝干、蚝油、蚝豉等。当地先民以养蚝（即北方俗称的海蛎子）为业，沙井临珠江入海口（名为合澜海），气候、水土均具先天优势。如今这里每年都举办金蚝美食民俗文化节，推广本地土特产。

　　大街上还有"沙井古墟"遗址。"墟"乃北方的大集。北方赶集，南方赶墟。

水产公司相当于整条街道日常生活的中心。洪圣古庙是清代新安县（宝安县更早的名称）团练总部（即民兵总部）所在地。天后庙是改革开放前的沙井影剧院。再加上供销社和蚝业小学，仿佛一张历史拼图，又拼回了 20 世纪六七十年代。

它们看上去老态龙钟，不怒自威。但这种老只是暂时的，供销社也不是开天辟地时就在那里。掐指一算，不过几十年历史。它刚出现时，人们用好奇的眼光打量，备不住内心也因为新面孔登场，老旧的商场倒闭而不适。转眼间，曾经的新，在更新的事物中鹤立鸡群，开始以老自居，也让它因为不同而自傲。你可以把这种自傲看作是抵抗。当年它抵抗旧，现在它抵抗新。它是所有事物的一个缩影，谁也不愿意自自然然地消失，水过无声一样。

当人们集体无意识地为失去旧而感伤时，我想的是，其实从来没有全旧的东西。旧中一定有新，新中一定有旧。没有全旧的，全旧的是坟墓。也没有全新的，全新的不可能聚来人气。必须是以旧带新，以新搀扶着旧，新新旧旧夹杂着前行，人们也必然在旧的失落和新的期待中送走一段又一段时光。

主街将密密麻麻的民居分为东西两面。这些小巷，最是生活之地。我走进去，绕绕停停，如入迷魂阵。小房子大多一人多高，挂着"蚝三旧村六巷""蚝三旧村七巷"之类的蓝色小牌。墙体上莫名其妙一道一道的灰黑，被惨白的洋灰底色反衬着，好像老年斑。蹒跚的老人从两座墙之间走过来，阴影笼罩着她。我站在阳光里，面对面看着她，她仿佛从另一个时光走向我，走向我。那一瞬间，我感觉应该迎过去扶住她。但当她终于走到我身边，披上阳光时，我下意识地躲开了，仿佛怕被那坚硬的时光剐蹭到。

小巷也就是一米宽，推开门，可以直接顶到对面的墙上去，所以门只好往里开。里边还真有人住，有的门是敞开的，两三个男人光着膀子聊天，路人不免误以为自己走到别人的家里了，要快走几步，逃离之。但怎么逃离呢，前面一家也敞着门。

在一条稍宽敞的道路上，门口坐着三位中老年妇女，都瘦，戴着帽子、口罩、皮手套，手里捏着刀，在撬蚝壳。每人面前放一个红色塑料盆，内盛半盆水。她们把软塌塌的蚝肉扔进水盆里，蚝壳抛入旁边的圆筐中。蚝壳拳头般大小，壳内的白和壳外的黑形成鲜明对比。外壳上还沾着好多算盘珠大小的蚝。未成器的小蚝，没来得及长成便给大蚝殉葬了。时不时有苍蝇站在上面，不停搓手。风来，一股浓烈的腥味儿。

这些成排的低矮的旧房子旁边，已不可避免地盖起了一些楼房，所谓的"农民楼"是也。墙上是20世纪八九十年代非常时兴的那种外贴瓷砖，或白，或棕，或红，瓷砖上布满下水管道或者燃气管道。这些农民楼又窄又瘦，每层好像只能有一两个房间，但是坚韧不拔地向上蹿去，可以盖到五楼、六楼甚至更高。它们的生猛让低矮者更显老旧，绝似一个四十多岁的女人和一个七十多岁的老人站在一起。

农民房破坏了整体的旧，带着暴发而向上的姿态。其实它们也无安全感。有的农民房上画了一个圆圈，里面一个触目惊心的"拆"字。有的已经拆完，四四方方的地面上堆满了乱瓦和残砖。灰尘偶尔扬起。

与破败的内地老城不同，巷子里并非都是老人，还有数不胜数的年轻人，他们骑着摩托一掠而过，复制老一辈人的车辙。她们烫着卷发，口红鲜艳，低头刷手机。旁边拄拐发呆的老太太，或许就是她们的未来。这个地方没被抛弃，深圳土地面积总共不到两千平方公里，哪里舍得浪费一寸土地。一代一代的人将在这里繁衍生息，重复，或者创造想法和价值。

巷子里面还有一些标志性建筑。其一为龙津石塔，乃深圳现存年代最早的地面建筑、广东省文物保护单位。石塔不显眼，不高大，加上底座不过两米。下为方形竹节角柱须弥座，上为缵尖塔顶。塔身正面为浮雕半身佛像，两侧镌刻双手合十、仗剑除妖形象以及佛经咒语，背面刻有"嘉定庚辰立石"的字样。旁边立一个石碑，碑文显示此塔"南宋嘉定年间盐大使建桥于沙井东北，桥成之日，风雨骤至，波涛汹涌，若有蛟龙奋跃之状，因立塔镇之"。

另有一曾氏大宗祠。同古庙一样，"文化大革命"期间遭到一定程度的毁坏，粤人宗族观念极强，重视祠堂，于是重修宗祠，也是对过往的一种修正。石碑上刻着的捐款名单显示，捐款者来自本村和港澳等地，可见影响之广。祠堂里面的字基本都是"忠孝仁义""源远流长""三省吾身"之类。还有一些对联，如"子孙虽愚经书不可不读；祖宗虽远祭祀不可不诚""一饭一粥当思来之不易；半丝半缕恒念物力维艰"，这些温暖的老话，至今仍有意义。

主街的西面，亦是一条一条的小巷，两边的房檐已经挨上，大高个儿进去，得低着头走。这里住满了人，生活气息更浓。有人在炒菜，油烟窜到巷子里，有点呛，有点香。听他们讲话，均本地口音。传言深圳发展几十年，本地人要么成为包租公、包租婆，要么开公司办工厂，为何他们还拥挤在陋巷中？我不相信是因为他们热爱原始的方式。毋宁说是"不得不"。总有一部分人疏离于洪流之外，他们的爱恨情仇被挤压到地面上，以致只会抬头的人看不到他们。

在一个小店中点了一碗馄饨（本地称云吞），静悄悄地吃。周围食客叽里呱啦地说着粤语，忽然感觉很陌生，自己像个闯入者。在深圳，这种情况极少见了。一个饭桌上，大家互相自我介绍时，都说你是那个省的，我是这个省的，"凤毛麟角"的本地人自动调整成蹩脚的普通话模式。而我在这里，想调整成粤语模式都不可能。听不懂也不会讲。他们是无可置疑的主流，自如地运用自己的"母语"。我一辈子都融入不了他们。想想，为什么要融入呢。有必要进入他们的价值观、思维方式吗？各自过自己的日子，大家都开开心心，偶尔彼此观望一下，一辈子都这样，也挺好。

高大的榕树投下斑驳的阴影。它的气根又粗又长，像鞭子一样，准备抽打谁似的。走过的人，熟视无睹，感受不到威胁。

在老街逛了一天又一天，所见所闻，若走马观花，可以全部忽略掉。和其他地方路边的风景没什么大区别。大城市的浩瀚和博大，瞬间就把它淹没了。如果走进去，沉入其中，每一个细小的事物都放大来看，便觉其深邃，深不可测。但远处的高楼大厦早晚会蔓延过来，这些巷子是跑不掉的。它在反抗吗？我没看到。它在妥协吗？我也没看到。新和旧不免博弈和共融，日子不免一天接一天。我以我笔，记下它曾经的存在。将来是个什么样子，就由别人去记吧。而他们的记录，也会成为历史的……

凤 凰 变

整整齐齐的几条老街，旧屋五六十座，基本是黑白色调，间以灰黄。走近看，其实房子无一相同，长短，高度，各有坚持。多数还算坚实，也有的墙壁悄悄裂开，甚或七扭八歪，墙体上撑着木质或者铁质支架，像是一个体力尽失的病人，双臂搭于支架，低垂着头。有的断壁残垣四周拦着绳子，不让人靠近。

一边走一边想，如果过来一个人，作势铲平那些已彻底垮掉无法醒来的房子，会怎么样？一定有人站出来制止他。那些隐身主人是宁可看着台风暴雨会同蚂蚁蝎虫将它们慢慢吞噬，也不喜欢人力再度介入。人类汗水凝成的一砖一瓦，终究要交给大自然全权处理。

在小巷中行走倒不枯燥，或一通到底，或搭出一个个拱门，辅以石板路、长条石凳。香蕉树硕大的叶子藏在墙内，突然伸出来擦着行人的脸。一面白墙上写着"SOS""救命"字样，几只手印，貌似用真手直接拍上去的。在古村的好几处地方都看到这种奇怪的涂鸦，也不觉得突兀，似乎过度的平静里，更容易产生跳脱的情绪。

房屋均低矮。不要说姚明那样的大个儿，就连我这种排队总站第一排的，亦觉伸手即可触到房梁。从敞开的窗户向里面看，房间也不大，以当下生活来衡量，这住起来舒适度不高。曾参观过若干所谓皇宫，均出乎意料的小，卧室和生活区域都跟电视剧中呈现的画面相去甚远。导游给出的解释是，屋子小，聚气，以免真气扩散，旧时代的人讲究养生。听起来有些道理，深究，不过是以今日思维为古人打圆场。流传至今的各种典籍中显示，古人终究还是膜拜金碧辉煌、气势恢宏。追求舒适，追求住处的大，是人类本能之一。即便小，亦非有理论支撑的特意做小，而是其设计能力和生产力到此为止了。非不想也，是不能也。青砖不易得，开窑烧砖是技术活。予幼年在北方，村中人盖房垒墙，多用土坯。脱坯极耗力，名列农村四大累之一。故这么多的砖，这样密集的房间，反可管窥此地彼时之富足。

随处可见新鲜的自来水管（或许还有燃气管）。这种地方，估计也不方便像他处一样开膛破肚地埋管拉线，只能因陋就简，将其贴着墙面扎在地上，密密麻麻，一片一片。管线的亮晶晶试图去熏染青砖的斑驳，到后来，倒是青砖慢慢把它们同化了，互相搀扶着朝陈旧走去。

墙上贴着颜色各异（红、黄、黑、白）、形状各异（长方形、正方形、圆形）的告示或警示。有的牌子上信息密集，如"建筑责任名片"，含建筑名称、建筑地址、责任单位、监理单位、管理人、联系电话等，有的只是简单标注"禁止类出租屋"几个字。另有"危险房屋请勿靠近，禁止入内""警示：此为危房，请勿靠近，后果自负"等，没看出后两个内容有何不同，应该是挂牌单位不一样。视野之内，这样那样的牌子，像一个个补丁。老补丁与新鲜补丁交叉在一起，为古村补充新的内容。

凤凰古村位于深圳市宝安区福永街道，乃一座具有 700 多年历史的村落，是广东省内古建筑较集中、保存较好、面积较大的典型广府民居建筑群之一，在深圳则首屈一指。站在高处眺望，整个区域都城市化了，一排排低矮的平房被扒掉，盖起一座座高楼大厦，再被一条条马路串联起来，栽上树种上草，流线型的汽车在上面开起来。公园一个接一个地建好，鸟语花香，大都市的感觉越来越强烈。零零星星的一些多年前的建筑，侥幸存活下来，只是侥幸而已。等城市化搞得差不多了，大家才意识到，要保留一点差异化啊，要保留一点丰富性啊，总不能都戴着一张同样单调的面具，于是把这些老旧的建筑收拾收拾，整理一下，保护起来，凤凰古村便是其中一个幸运儿。

这里应该没什么人居住了吧？如果不是周末，极少见到人。古村边缘的平房里尚隐隐有人迹，搭在晾衣绳上的衣服早已晒干，在风中轻飘飘地扬起一角。住户家里养的狗卧在路边，不时警惕地打量行人。见人走近，马上夹着尾巴跑远了。

几个光着脊背的孩子无声无息地在一条浅浅的人造小溪中玩水。静。阳光敲打屋顶的声音都听得见，脚步也似铿锵作响。忽然间，一阵笛声传来，仿佛专等着我这一个听众。我站住，看笛声一缕炊烟般在街道上空袅袅升起。听不出是什么曲子，有这个悠扬就够了。一曲终了，心情变了，缓缓离开，余音在耳似未绝。一位少女坐在过道的石板上刷手机，长发垂下，掩不住的青春气息将街道沉寂多年的活力带动了起来。

村中一口井，凑近了看，水不深，上覆铁栅罩，四周以石块围住，上书古体"卖鱼市井"四个字。旁边的墙上挂着一个牌子，内容是：

> 井的开凿年代已不详，坐落于今文氏宗祠旁，附近是卖鱼市巷。这条巷原为集市，村民打鱼归来，在此交易，井的作用，就成了卖鱼集市的取水来源，故得名卖鱼市井。

这段简短的文字迅速将我拉入一个场景：天刚蒙蒙亮，一群夜捕归来的渔民带着一网一兜的收获赶回来，从井中汲水将其清洗干净，摆摊售卖。不断有村民从四面八方赶来。农耕渔猎时代，人们大多是草鞋木屐，不像今天的皮鞋、运动鞋可助力步行。他们赶来和离开的速度远逊今人。今人在互相连通的巷子里走一圈，不过二十分钟，而他们从村子这头走到那头，可能需要一个上午。他们有足够的时间用来浪费，所以不急着买卖，而是悠闲地和熟人聊天。聊村中琐事，聊明日期待。这个村子对他们来说足够大。

这些低矮的房子，囊括了一代又一代人的一生。他们在风雨中，在烈日下，和家人、和邻居的恩恩怨怨，鸡毛蒜皮，宏大计划，爱恨情仇，把一排屋子和一条条街道撑大。时过境迁，后人的活动空间、生活半径超过古人几十倍几百倍。两相比较，那个一度被他们撑大的空间，如今全都浓缩在这口井上。如同一团昭昭雾气，生发时本无明显意志，当被时间压迫，浓缩为一个元点时，一些躲在里面的东西终于陆续清晰起来。

此处原名岭下村。岭下，山岭下面也，在岭南一带乃常见名。用地理方位粗暴地概括一生，略似人名中的王麻子、李瘸子。一直到几十年前，岭下村还叫这个名字（其间是否有过凤凰之名，不详），改为凤凰村的原因之一或为紧跟俗名雅致化的大潮，另一原因是"敷衍"紧挨着的凤凰山。清康熙年间《新安县志》如此描述凤凰山："凤凰岩，在茅山之北，巨石嵯峨，广数丈，洞彻若堂室，传昔有凤凰栖其内。"与其他地方的凤凰山一样，也是有来头的。

古村正门的大广场上，处处可见与"凤凰"有关的内容。路边墙体上长方形和正方形的格子内，囚着一只只丰满的凤凰，整个身子将方框撑满。显眼处立一坛，坛中树一根"凤凰柱"，周身雕满大大小小的鸟，或展翅高飞，或凝神而立，百鸟氛围呼之欲出。顶端一只凤凰，并没比柱身上的百鸟大多少，但恍若风起，独立远眺之态，仍能令人肃然起敬。远处还有一柱，顶端的凤凰雕塑，线条简单，头颅微小至无，远望更像伸出的三根手指头。一黑一白，一抽象一具体，力求呈现多面凤凰。

广场中间一个巨大的铜球，似太阳掉落，镂空，上面隐约可见一只昂首的凤凰。此为凤凰球。一只又黑又瘦的流浪猫踮着脚在球下走过。天空、铜球、猫，忽现世界的孤独本质。靠近些，流浪猫倏忽躲入球下的绿化带中。绿化带以鹅掌藤为主，枝干多刺，它却可以在里面自由地行走，走着走着一只变成三只，一大两小。母子三个，互相舔舐着彼此的皮毛。悠悠天地宽。

路边多植凤凰木。花开一片通红，仿佛谁向天空泼了一缸红墨水，有的粘连在一起，有的星星点点溅在一旁，凝固住了，风也吹不走。单个的花朵如凤凰展翅。凤凰木一般都是五月开放，花期两三个月。已近十月，此处的凤凰木仍作盛开状，或许有使命压身，内生动力强劲。凤凰二字因此更加凸显。

有一种灌木，名洋金凤，也就一人多高。其状更像单飞的凤凰。或者说，它是凤凰木的另一种呈现形式，此时也都开放着。几棵洋金凤烘托着凤凰木。像是留白，与凤凰木拉开一点距离，令其略有跳跃；又像点缀和补充，令凤凰木丰满。对立统一吧。

万物都有一个从野至文，从打开到步步紧缩，从无序到规则的过程。相较于"岭下"，"凤凰"更有画面感，更具象，更易于传播，也更有文化内涵和指向。叫了"凤凰"以后，所有本地符号都有意无意地朝着"凤凰"走去。不同的事物，向着不同的方向，但不是四面开花，而是由最初的懵懂开始聚拢。这个指向，最初可能是非常偶然的因素得来，甚至由时人硬造，但不要紧，人类的体温会一代代摩擦它，盘它，慢慢就形成了包浆，有了自己的表达。

成了一个符号的古村，早晚会消失，这个规律谁也改变不了。而附着于其上的意识，有可能留下来。故村庄之重要，在于生成意识并强化之。

　　古村中有多座祠堂、书室、私塾等，如伯元公家塾、拔茹书室、巽岭公家塾、茅山公家塾、四胜祖家祠、宸宸祖家祠、捷卿祖家祠等，古朴又不失绚烂，此盖修缮之功。原有油彩尽失，刷上新漆，再现花花绿绿。随便举一例：四胜祖家祠，建于光绪三年（1877年），面阔10.8米，进深16.6米，建筑面积179.28平方米。三开间两进一天井布局，由门楼、廊房、后堂组成，砖木结构，清水砖墙，石墙基、墙角。檐下有彩绘。如果用"雕梁画栋"四个字一次性概括，未亲眼所见的人完全无概念，若有机会走近了打量，苍劲的松枝，翠绿的松叶，古朴的假山，灵动的白鹤，整幅画都动感十足。资料显示，凤凰古村有灰制雕塑人物和动植物图案2000多组，木刻人物和动植物图案3600多组，石刻人物和动植物图案500多组，壁画1000多组，石刻阳字门匾17块。在茅山公家塾前厅内墙顶部，有一幅巨大的彩绘人物故事画"八仙图"，为深圳地区民宅仅存的一幅完好的明清巨型壁画。

　　能够留存下来的古建筑里，都暗含着人们对时间的敬畏。它们站在这里，一晃百年千年，说明它们都是独立的个体，有过不同的选择和指向，且有理有据，获得过认同。而它们的紧凑与隔开是相对的。时至今日，所有建筑都刻意收拢自己的意气与个性，一起转头向一个人、一座建筑行注目礼。

　　这个人是文天祥。这座建筑是文氏大祠堂。

　　凤凰古村的居民基本都姓文，他们是文天祥的后人。南宋末年，文天祥的子女和亲人在战乱中各奔东西。其中一支，由文天祥的侄子文应麟带领，几经辗转，来到凤凰山下的岭下定居。以后陆续繁衍，皇皇一大村。这个村庄如果没有"文天祥"三个字，就会失去灵魂，泯然众村矣。而这些文天祥的后人，几百年间并没得到特殊照顾，也和其他村民一样日出而起，日落而息。人们在战乱和饥荒中苦度时光，哪有心情整理这些旧人旧事，幸有家谱代代传，让后代知道自己从哪里来，根在哪里。至今日承平，人们终于可以花费心思重修这座文氏大宗祠。

我所见的文氏大宗祠，规模比上述建筑都大。夕阳西下，门口的广场上几个孩子在踢球，笑声和叫声直冲云霄。年轻的母亲推着婴儿车，站在路边开心地交谈。

宗祠门楣上的横批"瓜瓞延绵"，意为子子孙孙如同一根连绵不断的藤上结了许多大大小小的瓜，此为中华传统文化中非常朴素又重要的一环，即传宗接代。两边的对联：上联是"烟楼世泽"，下联是"正气家风"。下联容易理解，来源于文天祥那首荡气回肠的《正气歌》。"烟楼世泽"却是一个鲜为外人所知的动人故事：文应麟凭借多年的经营，家中有了些积蓄，生活条件远在本地村民之上。某年大饥荒，文应麟在山顶搭一简易小楼，傍晚时凭楼远眺，见谁家没有炊烟升起，便知其家中无米，遂送粮赈济。百姓感其恩德，称此楼为望烟楼。

历史上的很多文化地标，经过多年的颠簸和削删，以及损害，最后只剩下一个名字了。这个名字需要后人不断补充血肉，赋予其新的内涵，使其有机会重新成长。

众多旧日家祠和私塾拱卫着文氏大宗祠，莫不如说是世世代代都拱卫着文天祥这个人，拱卫着他的理想、他的坚持和他的热血。再具体一点，他的理念到底是什么？是对赵宋朝廷的忠心耿耿，是奋笔疾书的沉郁，一人战万人的孤勇，还是视死如归的胆量？或许都有一些，但又不止这些。展开来看，一个人，一个家族，能够被后人敬仰和怀念，更多的是与时代同声同气。赵宋背景已逝，皮之不存，毛将焉附。"孤勇"这一人类"普世价值"，却可以牵连出更多的"普世价值"，如扶助贫弱，与人为善，藐视权贵，自强自立，等等。他们的价值不应被窄化而应被扩大。最初的那个，是一个开关，触发了更多的可能性。同时，一个人一旦成为符号，就不再仅仅是一族的祖先，而是一个地域的血脉，一个民族的引领者。

　　紧挨着凤凰古村的公园里，矗立着一座六层古塔，这是深圳现存最高古塔——"文昌塔"。文昌者，古代掌管读书功名事业之神。古人常常建塔以示尊崇，多地今日仍有文昌塔遗迹。此处的文昌塔与文天祥同有一字，似乎又多了一层含义，可理解为文氏精神一脉相承，绵延永续。

　　一个古村，一条条街路，几百年的风霜雨露，从无到有，从小到大，从大到小，从混沌到明晰，从单一到多元，它一直在变。离开的他们，也在变。我一次次在凤凰古村中逡巡，每次都能发现一点什么。那些离开的人还在房间里，他们目光明亮，似有所叮嘱……

一朵云来

向云彩致敬。云彩比月亮靠谱。幼时追着月亮跑，我追多远，月亮就跑多远；我停下来，它停下来等我。一回两回很好玩，次数多了，我觉得挺没劲。我在地面上仰头看白云，大团大团的，高不可攀。乘坐飞机达到一定高度，云彩就在你的身边，如果窗户可以打开，伸手便能摸到。飞机再提升，云彩就在脚下了。同样是悬在天空，同样缥缈，云彩还是相当有定力的。一心向它的人，便不会落空。

我到一个叫作"半天云"的村子里去撞撞运气。能离云彩近一些当然好，若是阴天遇不到，就留个背影，让云彩想我。

村口有一棵龙眼树，十来米高，深冬季节依然枝叶繁茂。树皮发黑，像抹了一层锅底灰，又没抹匀。树干的手感软中带硬，硬是本质，软是时光打磨出的腐朽。地面已铺了一层掉下来的树皮，大小都一样，每片树叶约等于火柴盒的一半。树身上挂着的标牌显示树龄为260年，挂牌日期为2018年。

龙眼树旁边是一棵树龄100年的朴树。底座以水泥铸就，直径四五米，像是稳稳地坐在那里。叶已落尽，细密的小枝丫伸向四面八方，如同托起蓝天。天因此更高，怕被它扎着。

树龄做不了假，有专业手段测量年轮。不远处，立着一棵祖宗级别的秋枫树，树下立一黑色小石碑，显示这棵树为国家一级古树，树龄为525年，2015年立。秋枫树主干粗，三四个人方可合抱。四根次枝干，只是简练的粗，无繁文缛节，上面生出一层苔藓，手感滑腻，使其层次显得丰富些。该树靠着山边，稍倾斜，底下已经支了两根粗钢管。

沿村边河流前行百米，入茂密的树林，道路越来越窄，再前行，忽然让出一块空地，河中巍然耸立双胞胎似的一棵大榕树。两根同等粗大、同等高度的树干，一起相拥着指向天空。天空终于绷不住了，哗啦啦漏下无数阳光，一刻不停地流淌。树根下围绕着巨大的石头，高高低低，有的已和树根粘连在一起，颜色相同。近前摸一摸，质感相同。水流冲击石头，声音变得响亮。石头与树本无前缘，在水中，有石头遮蔽，树苗才能扎下根。

这几棵老树并非鹤立鸡群，只有走近才见其高大。站在远处，只见树木的集合、植物的汪洋。它们被淹没了。山峰上，绿色汹涌而寂静。每一个个体都找到一个地方站立，没有谁比谁更高，谁比谁更粗。假以时日，一棵最低微的苗，也会变成气势磅礴的大树，与其他大树肩并肩，根缠着根，迎风傲立。

如果人来人往，人气酸爽，即使植物是旺盛的，你也能觉察到它们的拘谨和彷徨。现在人走光了，它们都恢复了野性。冬青树举着一枚红色的小珠子，红千层拎起红色的棒槌，刺桐递出一个个红色的"小辣椒"，散漫的红使绿不再单调。香蕉树上挂着一坨一坨的果实，像一根一根清晰的手指头并在一起，青翠欲滴。几根藤蔓从破败的房檐上耷拉下来，一直扎在地面上，绷得紧紧的，藤上密密麻麻的五角形叶子使藤条变粗，并有越来越粗之势。叶片以绿色为主，有的已经枯败。枯败和枯败又不一样，或彻底变黄，或发黑，或浅淡还紧握着绿。午后，热烈的阳光打在上面，反射出各种各样的不同，相同的指向中前仰后合，各自奔跑。木本植物、草本植物无不呈现出最自然最舒展的状态，每种都独特，每种都不可复制。

半天云村位于深圳大鹏半岛海拔 426 米的抛狗岭半山腰上（挺别致的一个村名与一个挺直接的地名并列在一起，可谓雅俗共赏）。说是在山上，也可以说在林中。绿，还是绿。村子背靠大山，从下往上是一个斜坡。街道两条。如今人走了，房屋还在。

村口有一个《安全告示》：

半天云片区的房屋（文物）已被列为大鹏新区古村落保护范围，由于房屋（文物）年代已久，加上超强台风"山竹"正面登陆大鹏新区后，房屋（文物）破损严重，部分房屋（文物）濒临倒塌，存在严重安全隐患，目前正在进行修缮加固。望各位游客注意自身安全，不得靠近危险房屋（文物），否则后果自负。

南澳办事处公共事业服务中心

2019 年 4 月 30 日

另挂一牌，"大鹏新区古建筑群"。

从头至尾，一个屋子一个屋子地走过。每个门上都挂着蓝底白字的铁牌，如"半天云村 27 号，文物，黄均福宅"。挂牌单位为本地文体局。黄宅是一栋二层小楼，墙边堆着一排排木头。隔着敞开的窗户，可见里面有楼梯通向二楼，一楼客厅里的黑沙发半躺半卧，旁边乱七八糟地扔着矿泉水瓶子和塑料水桶，地面积满灰尘，一脚踩入，估计要溅起巨大的尘雾。一张硕大的蜘蛛网躲在墙角，阳光照在上面，蛛丝根根放光。

满眼斑驳的墙体，满眼的断壁残垣，几乎没有一样是完整的。村子里长满鬼针草，白亮亮的花朵一片连着一片。房子四周还有青砖的痕迹，遥想当年定是高墙矗立。一级级台阶上，野草生了死，死了生。有的变成了沃土，滋养新一代的草；有的房顶上长出一棵胳膊粗细的树，顾盼自怜；有的房子里面搭着多条钢架，三面墙就靠这些横竖交错的钢架支撑着，一旦撤掉钢架，整体就会垮塌。房顶多为起脊房，上面整整齐齐排列着瓦片，瓦片全部由原来的灰白变成了黑色，有的已经断裂，有的掉在地上摔得粉碎。窗户都不大，一尺见方，竖着的铁棍，有点监狱的感觉。二楼的栏杆和廊檐下的空白处，雕刻着各种样式的花纹，透出浓浓的古意。

屋中无人，从标牌上却可见其当年若干端倪。其中一个标注着"黄金就、黄国均、黄国定、黄国华宅"。这是一户大户人家。按正常推理，第一个应是父亲，后面是兄弟三人。其宅第应该拆过。旁边是一大块空地，只剩两间房，一间房子的门锁着，另一间房子门敞开着，里面堆着满满的木板和木梁。墙面上残留楼梯的痕迹。标号为33、35、36的房子均为"黄秀兰宅"，37号则为黄秀兰和徐清妹共有。这家比较阔气，四扇红色的门都上着锁，一楼上面又有两座各自独立的小楼。林子腾宅独立村前，两层小楼紧凑而精致。

走在路上，耳边似乎一直有个声音在回荡。越安静，声音越大。仔细分辨，那是蜜蜂的嗡嗡声。整个村子都弥漫着这天然的音乐，空气里散布着清甜的气息。遍地的野花，高低错落，可以给予蜜蜂们足够的营养。以嗡嗡声为背景音，叽叽喳喳的鸟叫，风吹树叶的哗啦啦声，声音更清晰，韵律更跳跃，人们可以在这乐声中跳舞。

我有疑问，村边那一流水，算是溪水，还算是河水？不过三五米宽，称作溪水似更具诗意，若称为河也不过分。在深圳，像这样若有若无、腰身纤细的"河流"，不在少数。窃以为这样更好，无须谁来登高一呼、统领全局。谁都不占用太多地盘，却给其他流水让出空间，创造更多的可能。也无须问它从哪里来，山生水，土生林。这样峻峭、稳重的山峰，这么茂密的树林，没有水才怪呢。

在水边静坐、冥想，听它泠泠作响，如敲钟，如抚琴。那声音并不单调，而是偶有回旋跌宕。在这无人的世界里，万物在神示的规则里运动着。小动物的行走，落叶的敲打，水边一根弯着的草突然弹起来，都会让水的乐声发生改变。

深圳这个海拔最高的古村落，曾入围广东省最美乡村名单。其实一条街也不过三五十米长，走完整个村子，半个小时足矣。兴冲冲赶来的人，多数会失望：只不过几栋濒临倒塌的房屋，满眼的绿而已。我认真地打量，细致地描述，仅比匆匆过客好一点，似乎触到了个体生命的律动，但依然是浅显的、表面的。所有人都是走马观花者，难以回到彼时彼境。

我从没把到过的地方仅仅视为风景，此处亦然。在村民们耕种繁衍、鸡犬相闻的日子里，我不可能一一走近他们、拜访他们。而今天，我的不期而至，又短暂复活了他们往昔的日常，他们往昔的日常如影片一样在我眼前闪过。那些消失的人，他们曾坐在树下乘凉，眼看着祖先种下的小树一年年长大；他们在不远处的海边打鱼，为台风到来无法出海而叹息。他们的肉体离开了，但他们的气息还在，萦绕着这些残留的房子、树木和天上的飞鸟以及地上乱爬的蜈蚣、蝎子。这个村庄依然结实。以后也许会被慢慢掩杀过来的草木覆盖，却与草木完成了相互的轮回。

逝者埋入地下，活着的后代渐渐离开。原因是半天云村紧挨着一个水库，属于水源保护地，搬迁是大势所趋。这里绿水青山，清泉潺潺，貌似很有诗意，但在农耕时代，进进出出，来来去去，费时费力。选择这里，更多是"不得不"而为之，生活方便的地方没有自己的立足之地。远离群居社会，诗意被具体的吃喝拉撒、衣食住行全部消解了。作为一个过客，忽略了俗世生活，不免沉浸于景；长居于此的人，对景物已经麻木，对具体的生活才有切身所感。即使不是因为水源地，搬迁也是早晚的事。超市、药店、学校、影院在哪里，他们就走向哪里……

这里更适合做一处曾有人迹的风景。

大团大团的云彩压在上面，一抬头就能够抓到，用它擦擦脸，再放回原处。在半天云村，这样的情景始终没有遇到。我站在村中的高处，看到了满眼的蓝，所谓万里无云也。不过没关系，只要这个村子在这儿，有人在这里等待，就一定会有一朵云来，一定会有人握住它……

大水即将淹没骨架

　　这个地方真难找。导航上并无"青排世居"，只能导航至青排村。停好车一边走一边问，路边的人都大摆其手。终于有个戴帽子的清洁工提醒，到马路对面小楼房打听，那里住着村主任的母亲。走近，一位慈祥的老人正在整理园中青菜，听清来意，见怪不怪地抬手说，前行二三百米有条小胡同，不要拐，直走，即到。其实并没明白什么意思，在众多岔路中选了一条，懵懵懂懂向里面撞，竟然到了。

　　一座客家围屋，是深圳市坪山区常见的古建筑。过午时光，人迹少，无风，路边植物静默。整片地盘上挤满了房子，没有一扇门打开。若无人指点，在迷宫中找这么一个古迹并不容易，尽管它还算庞大。

　　围墙灰黑斑驳，长百余米，不甚高。门口一个洞，类狗洞。洞内一只猫，露出一个头。洞外一只猫，半卧。谁也不看谁，谁也不出声。闭着嘴巴，眯着眼。

　　门口右前方开辟了一块菜地，种有水萝卜、小白菜、香葱等，低矮的篱笆上长了一圈牵牛花，鼓吹出一股淡淡的大粪味儿。

　　进去，是一圈房子。视觉上的直觉：同一个屋檐下，开了无数个门，有的上锁，有的敞开，都空着。部分墙面白而新，貌似刚刷时间不长。一条狗站在院子里不断向我们狂叫，宣示自己的地盘。心慌，赶紧从地上捡起一根棍子。对峙约一分钟，该畜夹着尾巴跑了，边逃边不甘心地回头望。

细看，房子一个挨一个，还是错落有致的。中部有一块空地，上面搭了棚，下面是一连环灶台，判断：黄氏后人在此搞集体活动的时候，可以临时做饭用。

有关此围屋的文字资料并不多，约略概括如下：

> 青排世居建于清代中晚期（嘉庆末年至道光初年）。主人为当地黄氏家族六世祖黄奇义兄弟。围屋朝向南偏东 15 度，面宽 120 米，进深 68.9 米，占地面积为 8268 平方米，由三堂四横六角楼组成。该围屋平面上二围环套，成"回"字形二重院落，内外围各设四座角楼。外围后部原有望楼，现已无痕迹。前厅内屏风门上有"礼耕义种"木匾，倒座前有天街，后为黄氏宗祠，为当地特有的"三三堂"平面结构，即三堂二横三联排两天井布局。围屋内尚存多处清代中晚期建筑构件柱础。条石基、夯土墙、土木结构、堆瓦顶等，整体保存较好。

资料还说：

> 围屋承载了黄氏家族日常生活、经济文化变迁的历史，装饰艺术独具匠心，民俗特色突出，建筑结构极为独特，有非常高的历史和科学研究价值。

但此时的老屋如处理过的图片一样生硬地挤在一排排新盖的房子里面，不似一个古董，更像卧在生活深处的老人。它不自动消失，人们就得容忍其存在。曾经住在这里的人，应该还未走远。他们的身影重叠着很多人的身影。任何人踏进来都难始终抱持旁观者的打量心态。一块

砖，一片瓦，一抔土，极像当年自家的老院落。看啊，无数人的童年如
灯泡一般，一个接一个亮起来。

　　青排世居有一点小独特。说独特，世间罕见一模一样的建筑，都有
独特性。整片区域里此类建筑大大小小三四十个，均为黄氏后人所建。
这一个，无论体量还是影响力，都并不多么突出。况且，除了研究者和
长居此地的人，也无人特意关注这点小独特。不会说话的青排世居，却
愿意举起它，令其绚烂自己，让自己成为一个可以在半夜里还闪闪发亮
的事物。
　　客家人的围屋均有一些心照不宣的规则，比如，都要背靠山岭，正
面对水；都要有一个广亮大门，大门两边有侧门，对称最佳；大门正面
有广场，统称禾坪。对照青排世居，后面有一山包，名青排岭。前面挖
了一个水塘（统称月池），两只鸭子正踩着水追逐，翅膀张开，在水面
上掠过一片划痕。不同之处是，整个围屋并无大门，两侧各有一个小
门。月池亦未离开围墙，而是差不多直接贴到了墙上，仿佛故意做了两
个门的屏障，使之不能联通。除此，还有另一点不同，围屋内有一祠
堂，红色宽大的门框，中间一个画像，清朝官员打扮，上书"六世祖质
堂公"，正上方有"江夏堂"三字。从祠堂出来，前行不远，发现另一
个祠堂，与刚才所见一模一样，若复制品。恍惚间以为自己产生幻觉，
走了回头路。或者，刚才记忆出现了偏差。返回去再看一遍，确定是两
个。有闲者可以做个试验，先后进入几个一模一样的建筑，出来进去，
进去出来，内心深处或风起云涌。其中道理，绝不似"找不同"游戏一
般轻松。
　　祭拜祖先，祠堂一个就好，没必要建两个。这个不同于别处的地
方，乃一通关密语，揭开，里面装着一个故事。
　　故事的讲述者是一个老人。世居侧门处有一间房，厨具置于室外。

深圳一年四季不冷，如此，也是一种洒脱生活。那位瘦且头发蓬乱的老人说，此处乃其祖屋，自己不想离开。

外面的高楼大厦和宽阔的马路正疯狂跑来，但和迅疾的生命相比，仍显慢悠悠。老人似乎能在它们到来之前，与此屋共老。

老人说，当年的祖先娶了两个老婆，各自都有亲生儿女，谁也不服谁，为平衡计，便没有设计大门，而是开了两个一模一样的小门，各走各路。祠堂亦如此。都建，都拜（最初是谁的主意已不可考）。后查资料，多与此说法类似。看来已经成为共识。

问老人，能否请您讲一讲若干细节，比如，那时到底发生了什么，两个妻子都叫什么名字，什么出身？答，都不清楚了，是口口相传至今的。

住在附近的那些人和这位老人，他们虽然与祖上有着一脉相承的血缘关系，但已无朝夕相处、耳鬓厮磨所能带来的亲情。聊起来，像是说别人的故事，很超脱的样子（我们将来也会这样被后人提到）。

另一种不太流行的说法是，围屋由兄弟俩合建，关系不睦，于是各自开门。既然不和睦，分开就是了，但房子还是连在一起，且齐整有序。此非一天两天的事，若无商量和妥协，难以想象成为今日模样。所以即使有嫌隙，也没有针锋相对，你一言我一语，将矛盾激化成公共事件。想来是挺好玩的一件事，彼此心照不宣，谁也不说原因。或者也说不出口，或者就是好面子。维持自尊的方式不是大喊大叫，而是打死也不说。沉默本身便高贵。相继身殁后，他们怎么想的，无法得知。人们再也回不到原来的情境中，一切成了无解之谜。后人给出的每一个答案，都可能离题万里。

奇怪的是，祠堂里现存的画像肯定不是一二百年前的旧物了。后人按以前的模式画了新图，心安理得地挂在那里。即使消泯了彼时的恩怨情仇，也并没想到合二为一，而是将其沿袭下来，保留了裂痕。人类的这种惯性或曰惰性，让很多证据得以彰显。勤奋有时候倒是"毁人不倦"。

饭前还在想一件事，饭后忽然觉得那件事不重要了。是消化系统影响了你，还是时间？

我觉得是时间。时间如大水一样漫延过来，先淹没平坦的事物，比如日常的吃喝拉撒，那些小把戏，小生意，小心思。然后是残缺纪年上的一些事，做过什么官，是否有功名，是否富户，是否杀人放火。再往后，就是根本性的骨架，大妻二妻之争或者兄弟不睦。但不会到此为止。时间之残酷，缓慢却坚定，毫不通融。其间，一些原来不被看重的或会凸显出来。那时的重点，今天成了零碎儿，那时的零碎儿，今天或许成了重点，所谓此起彼伏。但总体的趋势是整个场景越来越淡，越来越淡，直至完全归于沉寂。只要给予足够长的时间，连颇具传播效果的妻妾之争、兄弟之争，也都无法辨认。后人对着这一堆断壁残垣，最多空发一声"逝者如斯夫"之叹。

刚才跑掉的那条狗，忽然又冒出来，后边还跟了四五条狗，一起冲我狂叫。助阵者比原始狗底气更足。此时的它和它们，喧声冲天，钉子一样在围墙内书写着两个字：现在。

青排世局后面的青排岭，已经被切割得像狗啃过。夕阳西下，岭上一棵孤零零的树，绿头金发，等待着不久之后被挪走。可以预见，整洁的社区，密密麻麻的车辆，熙熙攘攘的商业，早晚会陆续抵达。

无须"今夕往昔"之类的感慨。匆匆的脚步下踩着轻快的鼓点，走过的一个个人，都快乐着呢，谁会在意你忽然涌起的忧伤？

故地标配

　　到观澜老街去找不同，却发现了一个又一个"相同"。此处拥有者，他处亦有。我称之为"标配"（标准配置）。标配让老街似曾相识，削弱了独特性，又可在似曾相识中细究腠理，恍然入定。

　　深圳有一些称为老街的地方，以保留历史风貌为初衷，将一些曾经人气很旺，后来老化、落寞，一时半会儿又不方便拆掉的墟镇重新梳理包装，试图使之聚拢人气，焕发活力。除"老街"二字，有些则以"小镇""古镇"等自号，性质都差不多。深圳建城历史不长，这样带着农耕色彩的街路尚能挺得住高楼大厦碾压。再过些年，它们是否存在，还真不好说。

　　观澜老街位于龙华区。资料显示，该地是深圳历史上"四大名墟"之一（墟者，类似北方之集市），已有二百多年历史。古墟由观澜大街、卖布街、新东街、西门街、南门街、龙岗顶街、立新巷等十几条街道、巷道组成，在清代，此处乃中外商品交流的中转站，素有"小香港"之称。题外话，中国大地上，稍微繁华的地方，一度喜欢自称"小香港"，如今，估计自称"小深圳"更具现代感了。

　　观澜老街之不同，或是碉楼较多（与北方大地上出现过的"炮楼""碉堡"相似）。旧时匪患严重，建此碉楼，直通通的一个圆柱体或长方体，高而结实，外面无楼梯，易守难攻。只要里面水和粮食充足，外面的人就只能干看着。此类碉楼在岭南并不鲜见，观澜尤其多，至今保留十几座，沧桑斑驳。似可佐证其曾经繁华而富有，是土匪觊觎的肥肉。

目力所及，街道上更多的则是所有"老街"或"古镇"之标配。比如成衣品牌。老街上的"卖布街"是条步行街，旧时引领布匹及成衣市场的时尚潮流，吸引了宝安、惠州、东江流域及北方地区的众多客商到此，堪谓客似云来。居住在周边来赶墟的人们，也时常要到这条街上逛逛，买一块流行的布料，做一件漂亮的衣服。卖布街曾有"大街不大，日进斗金"的说法。今天的卖布街上，却以大路货居多，若老北京鞋店、新百伦领跑，若专卖女士内衣的都市丽人，其他如特步、361°等。有一年单位组织长跑活动，发了一套全身的361°，出门便与快递员撞衫。其时快递员还没统一服装。吾知职业无贵贱之分，只是觉得太普及。还有一次，叫了电动自行车，司机跟我个头差不多，同样是蓝色的361°。我坐在后座，看上去，和他像双胞胎。从那以后，我再也不叫电动自行车了。

至于以纯、森马，亦然。这些品牌我不懂，老婆懂，有时会走进去看看。她见这些品牌，常常小小地感慨一下，森马，哦，昨天在某个老街上看到；哦，以纯，半年前去过的另一个"古镇"上也有。

与此搭配的辅助店铺，则为周六福、金六福。买完衣服配首饰，倒也合理。店中不见多少人。人家非但没倒闭，反而像爆炸一样，四处散花，起码证明有生意做。

这些熟悉的，带着故事的"标配"忽地亮在我面前，我不沮丧，低头把玩，如数自己的手指头。本来也没指望老街一惊一乍。或曰，我不希望它浑身写满"独特"，反因半是熟悉半是陌生而心安。"标配"给了老街一个骨架，令其结结实实地站立在这里，而骨架上的肉和骨缝里流淌的血液自然还是属于自己的。

　　整条卖布街，一面是卖衣服的小店，对面则是小吃摊。露天。下雨天要么撤摊，要么就得搭雨棚。所售者，熟脸颇多。标配食物二种：一个是长沙臭豆腐。有人在摊前排队，都低头看手机。成双成对者，女孩儿端着吃，男孩儿捂着鼻子在旁边继续刷手机。女孩儿吃完，俩人手拉手一起走了。一个是绝味鸭脖，窃以为此乃中老年食品，可佐餐，可下酒，细嚼慢咽的那种，能把鸭脖吃出龙虾的韵味。年轻人则返璞归真，干嚼。我亲见一个小伙子撕开塑料袋，从中抽出一根，皱眉噤鼻，用力地撕咬，如虎吃鸡。

　　还有辅助小"标配"西安肉夹馍。真香。每次都把油滴在前襟或裤子上，回家后得及时用手搓洗。其中一种标准吃法，是肉夹馍一个、凉皮一份、冰峰汽水一罐（橘子味，颇似老式的橘子汁）。有无冰峰，堪为是否正宗的隐秘符号，此乃吾于西安一个出租车司机口中得知，如获至宝，遂成我考察深圳遍地肉夹馍店的标准度量衡。

　　岭南本土标配食品两种。

　　一曰孺子牛杂。最初见到这四个字，以为书店，因其店铺牌匾字体统一为楷体加粗，雅致，又与周树人先生名句相呼应。后发现是食品，亦未觉亵渎前贤，反倒是以民间方式为其张目。牛杂分量有大小，价格从七八元到二三十元不等。广东不以产牛取胜，吃牛却独有一套，以工业术语描述之，便是"来料加工"。仅以潮州牛肉丸为例。纯正的牛肉丸需全程手打，厨师手持两根铁棍，反复敲打牛肉，直到稀烂成泥，富有弹性。周星驰电影《食神》中的撒尿牛丸，落在地上还能像乒乓球一样跳起来，是事实基础上的放大。牛杂乃主体之外的"废物利用"。牛肚百叶蹄筋心肝肺等，全部煮透煮烂，撒几段香菜，放在快餐盒里，几口吃完，汤亦喝干，扛饿，却不占肚子。走累了，买一份，还不耽误晚上继续用餐。

一曰凉茶。深圳凉茶以徐其修为最。凉茶其实是热的。店主拎起刚刚煮开的大水壶，倒进一个个装着各种药剂的杯子里。凉茶疗效多，或明目，或清肝，或补肾，或去火，无限细分。本地人都信这个。外地人待的时间一久，也跟着信了。

观澜老街上的孺子牛杂和凉茶店紧紧挨着。一吃一喝，较为搭配。

其他如螺蛳粉、重庆小面、河南烩面、老上海馄饨等，时有时无，品质不一，从略。

电商时代，实体店生意越来越不好做，小吃店似乎不怎么受影响。只要口碑好，总有回头客。且，小吃摊位或店铺，仍以现点现吃为佳，味道纯正，温热适宜。口碑佳的小吃品牌总是顾客盈门，顺便帮旁边的手机店、学生用品专卖店、小超市等带来人气，堪为实体店救命法宝之一。

名为老街，房子却非不能碰的娇气古董。一部分老宅、旧建筑，拆了可惜，拆的成本又高，竟得以保留。而其居住体验与商业住宅有差距，遂以低房租吸引客人。这与内地一些只做旅游，供外来客购物的木乃伊式"老街"还是有所区别。深圳人多，总有人在这里找房，以致老街周边人流密集。

观澜老街的标配面孔。

以电动自行车拉客的行业存在已久，与所谓的一线城市似乎不搭，亦曾被以多种方式取缔过。电动自行车司机有时不注意安全，无视红灯存在，汽车司机们常见电动自行车直眉瞪眼逆行飞来，吓得赶紧停车，对方还不乐意，质问你是怎么开车的。电动自行车司机对客人倒是挺礼貌，收到三元五元，定说声谢谢。这些人没有读过什么书，由各地到深圳后个个入乡随俗，以客为天。吾在北方时打车，跟出租车司机说个谢谢，他还爱搭不理的。但有需求便有供给。电动自行车在速度、效率、价格上，仍可于共享单车、出租车之间区隔出自己的存在。在老街的桂花路上，见一个少妇正与电动自行车司机讨价还价，到汽车站多少钱？七块。五块吧。小妹啊，挣钱不容易啦，再添一块啦。少妇上车，司机一扭车把上的油门，唰地超过了前面一辆斯柯达。

年轻店员。老街店铺多，限制噪音，不能用大喇叭揽客。周末两天，店员纷纷站在门口，有男有女，拿着手拍，塑料板制成，类似手掌，粉黄绿三色，可啪啪打出节奏，吸引游人的注意力，其中尤以刚开业的美容美发店、成衣店、干果店为最。他们精神亢奋，大声喊着，进来看看，买不买都没关系，先进来看看啦。

制服男女。多年前，路面上的制服主流是工厂妹。浅灰色、棕红色制服和胸前的厂牌代表有定期的工资领，在人口红利阶段，可平添事主的自豪感。今日工厂妹沦为配角，保安、快递小哥、保洁阿姨，轮番登场，绚烂着大街小巷。下班后，她们脱掉制服，换上裙子，亦成一时尚小女孩儿，圆脸，个头不高，端一杯奶茶，边走边喝，插管一直不离开嘴。和制服男女擦肩而过时，也不夹生。角色之转换，瞬间而已。

本地老板。店铺多为肠粉、杂货、农家菜之类。门口常坐一二中老年男人，秃顶，消瘦，夏秋季节穿挎带背心。哪怕只有三五平米的空地，也要摆一张茶桌。几个茶杯，比手指盖大不了多少。一壶单枞。老板一手夹着烟，一手端着茶轻啜，一边打量来往的路人。

从他们身上，可以看到一二百年前曾经在这里经过的人。他们的身影像化石一样紧紧贴在门面上，马路牙子上，碉楼上，撕都撕不下来。我一一打量之，眼神如水，湿润之，软化之，眼见他们又活过来，成为一一行走的身影，与多年之后的这些身影重合。那些人的表情在这些人的脸上重新绽放，皱纹都看得清。

　　观澜老街中见到两个祠堂。一个是万安堂村的"王氏宗祠",两边贴的对联是:"两晋家声远,三槐世泽长"。我亦姓王,对自己的姓氏从无自豪感。此乃天赐,与我个人努力无关。有人建一个某城市的王氏宗亲群,我被拉进去没几天便退出了。大家阅历和生活处境反差极大,价值观更是毫无交集,有一个相同的姓氏又能怎么样。站在此地的王氏宗祠前,忽有触动。这样几间老屋,由族人捐款建成,定期祭拜、议事,就是用来规范族人行动坐卧、一言一行的。天长日久,相同的价值观渐渐形成。宗祠之功,绝非一时一地;可代代传承。人走到哪里,祠堂就在哪里。

　　另一个是三栋屋村里的"肇敏家祠",门旁贴着的对联是"肇居千载,敏宅万年"。观澜老街本来不大,里面竟又是一个个小村,分分合合,各自连接又有所保留,说是包容也好,说是坚持也罢,只要谁也别吞掉谁,就挺好。"肇敏"非姓氏,或为祖宗对后代的期许。《诗经》中有"肇敏戎公"之句,肇敏者,尽心竭力也。古代谥法中,有"肇敏行成"之说,意为"正直"。两个解释都说得通。

　　祠堂乃慎终追远之地。西方人做了错事坏事,上帝会惩罚。东方人做错事,无颜到地下面对祖宗。祖宗亦是一敬畏源。这些庙宇和宗祠,在深圳光鲜的外壳下面,却支撑着一幅鲜为人知的骨架。我从不认为这是农耕残余,反而坚信这是敬畏心。拜神拜祖先并不全是功利诉求,更有自我约束在里面。

　　另一标配,让我欣慰,此即中型商业综合体。强调中型。

　　观澜老街最把头的位置,有一个颇具山寨味道的名字:兴万达商场。进去转转,吃喝玩乐,基本什么都有。品质上,上可着天,下可落地。圣诞树与糖葫芦齐飞,大蒜共咖啡一色。摸着的不是蓝天,是最低级的大气层;落下的地,不是广袤原野,乃一泥泞小道。其意义在于,提供多种服务，又不至于比周边店铺跳跃太多，抢了所有人的生意。它连接着原始生活与更高的期许，却不霸王硬上弓，追求一步到位。我亲眼见过巨无霸型商场的诞生：高大全，整齐划一，所到之处，寸草不生。老旧房子全部推掉。小生意人要么为我所用，要么自行离开。一种无形的哀鸿遍野。

　　观澜老街上，我融入人群，还能清晰地听到自己的心跳声。一个个大大小小的"标配"，也在灵活地跳动。它们并未令老街失去风格，磨损了本色。这庸常便是其本色。新旧混搭，古今掺杂，忙忙碌碌的生活气息，每天都从这里散发出去，将剪影刻画在墙上。

　　冬日的阳光依然温暖，有人行色匆匆，有人悠闲漫步。

　　老街，你好。

城中村里的平民美食

深圳有美食吗？深圳人被这么当头一问，常常会不知所措。这个城市的身上贴满了标签，科技、金融、创新、智能……似乎跟任何具体的烟火生活都不沾边。

相关的资料显示，深圳也不乏地方美食，比如沙井蚝。蚝者，牡蛎也，在北方叫海蛎子，在福建称为蚵仔，以加水后的番薯粉浆包裹之，和以鸡蛋、葱、香菜等，煎成饼状物，即闽南名吃蚵仔煎。宝安县沙井镇（现在的深圳市沙井街道及附近区域）临合澜海，农耕时代以养蚝著称。城市膨胀后，海水遭到污染，现在所谓沙井蚝，多是在江门、湛江、汕尾一带以沙井技术养殖而来。另外，大浪、楼村等地有脆皮烧猪，大鹏一带有窑鸡，光明、公明一带有乳鸽，上下沙、新安一带有盆菜，等等。这些美食有个共同特点：被提起的次数多，市面上并不常见。即如最受欢迎的光明乳鸽，也只是一家总店顾客盈门。

传统意义上的"深圳美食"，莫不如说是宝安原住民美食。现在的深圳，脱胎于宝安县却已大不同于宝安县，当年三十万人口的南方县城如今已是常住人口一千七百万的大都市。这么多人口聚集于此，其传统肯定要再造，美食结构则要重建。这个重建，既立于既有传统，又需吐故纳新，充分体现当下风土人情。城市的生活方式，思维方式，一草一木，一地铁一高楼，都对食物构成产生影响，最终出现什么样的"本地美食”都不稀奇。

比如有一种名为“海南椰子鸡”的美食，几乎遍布深圳各个区域，最多时达到两千家。所谓椰子鸡，准确的表述应该是椰子鸡火锅，底料为椰青水。桌上只备调料四种：切成片状的小米辣、沙姜碎、特制酱油、小青柠等，主料为鸡肉、竹荪、马蹄、腐竹、小白菜、鲜冬菇、淮山药、冻豆腐、海带结、香芋片等。在开吃之前，每人先盛一碗底汤来喝，味道清甜，椰汁的味道很浓。这也许是和海南的唯一连接点。深圳的海南椰子鸡与海南关系不大，恰如扬州炒饭跟扬州关系不大。

据说海南椰子鸡在深圳的流行和做大，源于三十年多前罗湖区一个华侨店主的尝试，有很强的偶然性。估计他当时也想不到今天海南椰子鸡会在深圳普及成这个样子。不过这倒符合深圳特质。“野蛮生长”阶段，总有一些不可能变成可能。这些在深圳渐渐成形的地方美食，将来是否有可能借深圳之名走向四面八方甚至海外？也许吧。但无论何时，也不用改名为“深圳椰子鸡”。

深圳的大饭店里提供的美食，和其他大城市如北京、上海、广州、南京等其实没什么区别，差别或许就在城中村里的平民美食。海南椰子鸡也是平民美食，但好歹还是个饭店，其他更多的平民美食只能算是小饭馆。而深圳的平民美食最大的特点是这里几乎没有土生土长的美食，却聚集了祖国各地最全的小吃。尤其在城中村里，遍布湘赣木桶饭、沙县小吃、东北饺子馆、重庆小面等，每一种美食都有足够的支持者，无论你来自哪里，独爱哪一方口味，在这里总能找到自己中意的那一个。

简单介绍其中几种。

深圳平民美食中最有名的应属隆江猪脚饭。据说这是深圳普通市民光顾率最高的街头小吃。疫情期间做流调，被提到最多的用餐地，就是隆江猪脚饭。某点评网的数据显示，深圳的“隆江猪脚饭”相关商户多达4600个。饭馆里的卤猪蹄是一绝，锅里永远煮着热腾腾的暗红的肘子和猪蹄，肥瘦相间。其实，在猪脚之外，还有猪耳、鸭脖、鸡翅、鸡腿之类，随意搭配，指向多维。店家一般配酸菜解腻。隆江者，潮汕地区惠来县下辖的一个镇。发源于那里的猪脚饭何以在现代化大都市里盛行，简直是一个谜。

肠粉是岭南一带极常见的早餐，其实就是将米磨成浆，摊出来的饼。大酒楼里的早茶店也卖肠粉，都光滑洁净，不知怎么做出来的。街头的肠粉则皱皱巴巴，形似猪肠，故曰"猪肠粉"，后来慢慢省略，称为"肠粉"。肠粉酱料有甜、有咸、有酸。各家肠粉店常常因地制宜，馅料、调料、佐料变化无常。无统一，才有意外之喜和惊。

腌面是一种客家小吃，发源地在梅州。随着无数梅州人来到深圳，腌面也在深圳落地生根。所谓腌面，其实是一碗拌面。煮好后，服务生一手持碗，一手持筷，不停地搅拌，一边拌一边走，酷酷的感觉。端的过程也是制作过程，直到放在食客面前才算制作完成。腌面的核心应该是猪油。猪油拌面。现在都讲究健康了，只吃植物油。猪油似乎是不健康的表现，但是吃起来真香。人们的胃口是诚实的，还是舍不得放弃腌面。周末的上午，常见一家人坐在大榕树下，懒洋洋地吃那一碗腌面。腌面必配一碗例汤，猪肝枸杞汤，又名三鲜及第汤。

八刀汤。据说正宗的八刀汤源于广东紫金县，也属于客家菜系。店铺的文字介绍说是"取猪身上八个最精华的部位，包括猪心、猪腰、猪肝、猪粉肠、猪肚、猪肺、猪胰脏、瘦肉等熬成的汤"，其实想一想，这些都是"猪下水"，某种意义上，也许是边角料。八刀汤做法很简单，将其放在一个小罐里煮好，撒上胡椒面。先用一小碗盛出汤，喝几口开胃，然后捞出肉，蘸着酱油吃，酱油碟里只切几根香菜。主食则是一份蒸好的雪白的米粉。汤是汤，肉是肉，在嘴里轻微咯吱咯吱，爽滑。在物资贫乏的年代，有肉有汤，也是难得的美食。

螺蛳粉。大家都知道这是一种发源于广西柳州的美食，但除了广西，深圳也许是螺蛳粉店最多的地方。各种小吃街上，螺蛳粉必不可少，现在就连装修豪华的巨大的商业综合体里，也有螺蛳粉进驻，似乎大家对酸笋那具有杀伤力的气味也渐渐见怪不怪了。螺蛳粉的主料是米粉，雪白晶莹，口感滑腻又有嚼劲儿。配料有豆腐泡、腐竹、酸笋、炒黄豆（或腌萝卜）等。南粤田地生长的田螺，是螺蛳粉中唯一的肉，但在那一碗螺蛳粉里，你很少能看到螺蛳肉，只能看到螺壳。

擂茶饭。说的直白一些，就是汤拌饭。一个坛子，内装擂茶。擂茶的做法：把薄荷、紫苏、益母草、茴香、香菜等野菜稍稍炒过，加茶叶、生蒜、食盐、花生、芝麻等研碎，滚水冲成茶汤，绿色。再配一碗白米饭。配菜则有炒萝卜干、炒虾米、切碎的时令蔬菜、熟花生等。烈日炎炎的夏天，连汤带水，更容易进食。

砂锅粥。这是夏日的宵夜主打美食。一个煮好的砂锅粥里，放几片肉就是瘦肉粥，放半只鸡就是鸡粥，另有鸽子、甲鱼、青虾等种类。所有配料都讲究个"鲜"。判断"青虾"之鲜尤其简单，看锅中虾是否弯曲，弓腰越深越鲜活，若软而直，说明下锅前已死去多时。

以上所谓美食，来自四面八方，几乎就是个大拼盘。这也许正是深圳的特色——兼容并包，来者不拒，细嚼慢咽，为我所用。

与以上所述比起来，大盆菜算是稍微带点深圳特色的美食了。所谓大盆菜，就是把十几种菜放在一个盆子里，不似东北的乱炖，而是一层叠一层。内容丰富，最上面的是虾、猪肉、鲍鱼等，下面是萝卜、蔬菜。汤汁渗透下来，青菜也有了滋味。和很多地方的代表性食物一样，大盆菜也有跟名人有关的传说。据说南宋最后一个小皇帝赵昺逃难到深港一带，当地的村民把家中最好的食物都贡献出来，一层一层叠放在盆中，为落难的赵氏皇族带来了难得的温暖，这就成了今天大盆菜的雏形。

在重大节庆的日子里，深圳的本土居民常常全村人聚集在一起吃大盆菜。为免浪费，他们还会随身带一个塑料袋，将没有吃完的菜带回家。